Devil Game Devil Game Devil Game

Devil Game Devil Game Devil Game
evil Game Devil Game Devil Game
Devil Game Devil Game Devil Game
evil Game Devil Game Devil Game
Devil Game Devil Game Devil Game
evil Game Devil Game Devil Game
Devil Game Devil Game Devil Game
evil Game Devil Game Devil Game
Devil Game Devil Game Devil Game
evil Game Devil Game Devil Game
Devil Game Devil Game Devil Game
evil Game Devil Game Devil Game
Devil Game Devil Game Devil Game
evil Game Devil Game Devil Game
Devil Game Devil Game Devil Game

負債魔王

Devil Game

C o n t e n t

第1話 最終之戰的序幕

Chaos

是嗎……
看來妳已經選好了道路。
但也請妳不要忘記……
我們之間的約定。
放心吧，阻止「第三次諸神黃昏」……
!?
咳！……不，不是！
雖然我活不久是事實……
咳！
血……？奧汀……祢壽命已經到盡頭了嗎？
但這次……是人類！
咳！

看來我的分身……
被人類摧毀了！
唔──
你這傢伙……為什麼……會出現在這裡？
到底是如何從那裡掙脫的？
明明就要將你的腦袋砍下來了……！
但下一秒卻……
彷彿砍到空氣一般！

你……到底是誰？
人類、不對，你這個……
怪物！

我也想知道呢。
結冰
本王想處決的對象，怎麼可以讓你逃走？
不准站在高處，藐視我——
收刀
雜魚！
!?
那個架式是……騎兵團……？
而且比起那個，
本王已經告誡過你們了。
不對……我曾經在某個東方島國看過，
是那裡的部族他們引以為傲的最強拔刀術！

居合斬！

從那個距離，反應時間只有零點五秒。

避得開？避不開？

嗯……看來是

但是很可惜，
這個稱號還是拱手讓給我吧。

本來以為……
你的能力只是化為蟲子游移與掙脱。
看來不是這麼一回事呢。

剛剛那一擊居然是在試探我？
真是可怕啊，英雄王。
咻——！

沒錯，就跟你説的一樣。
它不是這麼單純的能力。

讓我來解釋吧，
「終焉的幻象蟲」。

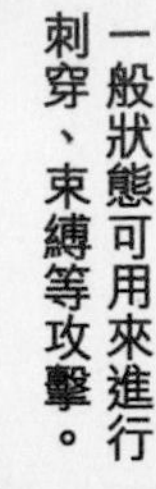
一般狀態可用來進行刺穿、束縛等攻擊。
但只要像這樣……進入了「支配者」狀態。
鐵紋消失——
就能夠支配「不可能」，比如恢復我的年齡……
或是癒合被居合斬切成兩半的肉體，
只要是世間認定的「不可能」，我就能將它化為「絕對性」。
所以本來「不可能」掙脫的劍之牢籠、
「不可能」恢復的破損衣物、傷口，也都能將其化為「可能」。
哦……原來是支配「幻象」啊。
能作到這種程度，簡直就跟「那個」一樣呢！
沒錯，這種支配全世界的能力……
蠕動
就像是——

神
怪物
一樣呢。

……呵呵，
還真會耍嘴皮子呢，王。
怪物這玩意啊，應該居住在潮濕陰暗的迷宮裡，
整天等著襲擊勇者，並掠奪他們身上財物……
可笑的是，這些怪物最後都有一樣的結局——
死在勇者的手上。

……我說王啊，
你為了協助這場戰爭，
大膽的將王國中，力量僅次於你的騎士團長．右大臣、
以及大智謀家——左大臣給調來這個前線作戰。
那麼，現在的王國是由誰來守衛呢？
巴涅特。
我想是他吧？王國的大政治家——
呵、呵……

英雄王這個臭小鬼！
居然大半夜跑來我的房間，丟下一句……
「人家要去旅行個兩三天喔♥」
然後就把所有事都丟給我這首席政務司令官做！
任性的臭小鬼！
牢騷
牢騷
可惡這些文件跟山一樣高！
咔！
嘶……
……怎麼？把外面的守衛通通撂倒，
然後不敲門進來，就是你們家族的禮儀嗎？
……還帶著刀呢。

想造反啊？

斯芬……你這傢伙還真是不擇手段啊，

這場叛國行動你居然把自己的孫子也拖下水。

法夫尼爾・衛斯里。

滋──

滋──

看來這次事件結束後，衛斯里家族要徹底剷除才行。

別太輕敵了，

精通各種格鬥術的巴涅特將軍……
撇開我跟右大臣不談，
可是王國的第三號人物啊。
巴涅特將軍在王國中的實力無人能及。
轟
壓制在地
雖然法夫尼爾勉強也能算是個司令官，
但水準還差上巴涅特將軍一大截呢。
所以光憑他一個人，
也未免太……
!?

剛剛那是……
居合斬？
還真的沒想到……
你居然把自己的孫子，當作「那個人」的「容器」？
的確，只憑法夫尼爾一個人是不夠的。
但如果是加上……
「那個人」呢？
那種事不重要吧？比起那個……
我這次到魔界，是為了「鑰匙」來的。
我知道「鑰匙」在哪裡，

乖乖交出來吧！
惡魔皇女．赫露！
諸神之主．奧汀！
還有你……人類之王．西格德！
你們已經沒有退路了。

碰！
!?
……神兵？
是援軍嗎？
……不，
看來不是
這樣呢。
包圍
原來如此，
這場反叛行動，
是長老院發起
的啊……
哈哈哈哈……
那群死老頭，
別太小看我了，
好歹我也是……
鎮國的巴涅特將軍！
破窗

咚！
我必須快點……
回報各部族指揮官，
法夫尼爾跟長老院
發動叛變！
呼—
呼—
呼—
呼—
只要穿過這片森林！
就能到王國的中央廣場！
然後就能重整
各部族軍隊，
將叛軍拿下！
……怎，
怎麼會……
這樣？
呼—
呼—

那些叛軍居然
做得這麼絕……！
!?

咳……！

法、法夫尼爾……畜生！

願王國榮光……

永遠不滅！

我死也……

不會放過……你們的！

唰！

轟轟轟……
這地方挺不錯的，
這悅耳的絕望之聲，聽起來就像身處死國一樣。
從現在開始，這地方已經不再是米得加爾德王國！
而是我邪神洛基……神話再次降臨的起點！
王曆一零二年，人類王城「米得加爾德」——
徹底毀滅。
並揭開了「第三次諸神黃昏」這場最終之戰的序幕。

轟轟轟——
轟轟轟——
如何？
透過影像見識到自己的無能為力了嗎？
還請國王陛下不要放在心上，
畢竟就只是個破爛的小城鎮……
?!

……唔！
跪地！
哎呀呀，對老人家也是半點不留情。
莫非國王陛下您在……生氣？
怎麼可能為了一個破爛小城鎮生氣呢？
我只是想把你捅成蜂窩罷了。
……呵。
即使是「最強的人類」……
也只是個小孩子呢。

!?
中了幻象蟲之手劇毒，居然還能站起來啊……
妳的衣服……？呵呵……原來是傷害自己啊，
藉由疼痛來解除麻痺。
值得褒獎。
華爾褻莉雅。
!?

但還是差太遠了。
啪！
糟糕！這個距離……！
!?
!?
唰——！
又是你啊？國王陛下。
真是非常礙事呢……嗯，不過這樣也好。

這樣我就能
光明正大製造
分身偷襲了呢。
刺穿
心臟！
唔……！
!?
奧汀陛下！

陪你們玩太久，
一時忘記我們的
目的……
本來就是要搶走
英雄王跟奧汀神
身上的「鑰匙」。

接下來就輪到你
了，國王陛下。

!?
泥沙？

這個奧汀只是個……
替身？

阿斯神界。
咳！
咳！
看來他們……
已經知道那不是本體了呢……！

接下來找上門也是遲早的事情，
既然如此……
唔唔唔喔！
!?
刺入心臟！
咳、咳！
奧汀祢在做什麼？

該不會……祢打算把「鑰匙」拿出體外？
我的壽命已盡，這顆諸神智慧的結晶若是繼續留在體內，終將粉碎消逝……
不如將它……賜予擁有最後諸神基因的妳……
讓妳取代我，成為最後的古代神。
別開玩笑了！我對成為「神」一點興趣也沒有！
……即便如此，我還是希望妳能暫時收下它。

當妳遇到需要這份「智慧」的險惡場面時，
妳就能隨時使用這個偉大的諸神之力。
去解開這世界最後的謎團，
也對保護妳而逝去的摯友哀悼。
……
轟轟轟！
!?
我已經沒有力量維持阿斯神界的結構了。
轟轟轟！
從妳身後的階梯，回到屬於妳的地方吧。

妳要帶著歌布琳的屍體走嗎？

畢竟她是死國的人。

我想……帶著她就能得出「最後的答案」。

諸神的戰友們。
「第一次諸神黃昏」時，我們聯手擊退了洛基。
但也看著祢們一個個死去，付出慘痛代價。
「第二次諸神黃昏」，祢們的亡魂成為了與我為敵的「神兵」。
我終其一生的目的，就是將祢們救出來。
結果最終……我還是沒能解放祢們的靈魂。

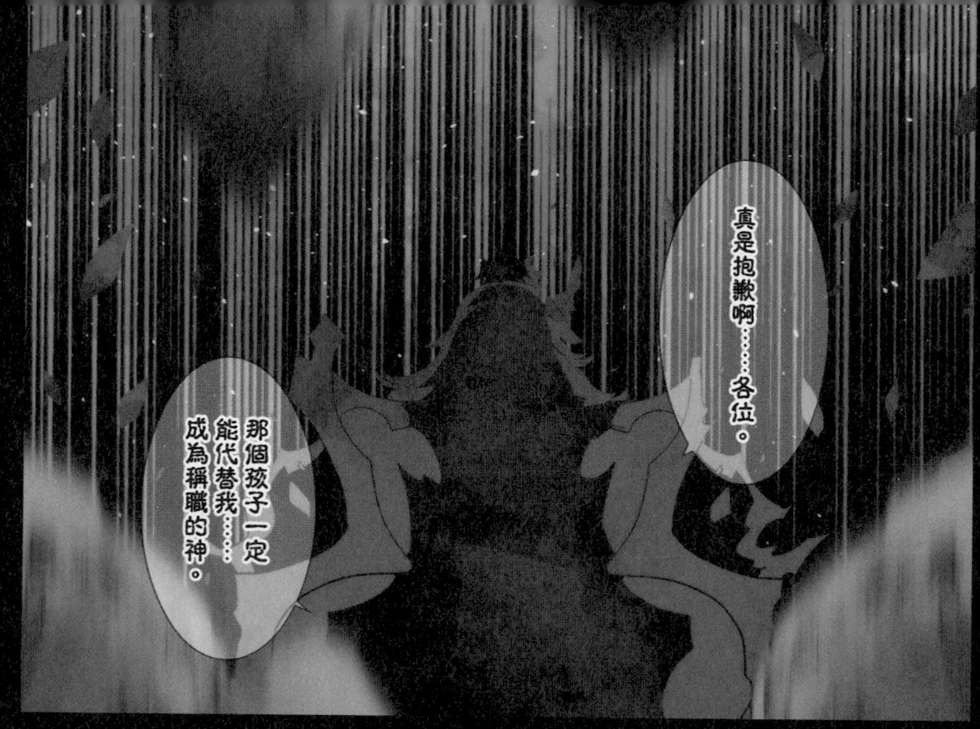

孤單一人……真的太久了。

接下來就讓我好好休息吧……

人類帝國滅亡十分鐘後，

阿斯神界也走向毀滅。

如果是食物的話，
赫露大概是

地獄麻辣火鍋

感覺會吃壞肚子呢。

負債魔王
DEVIL GAME

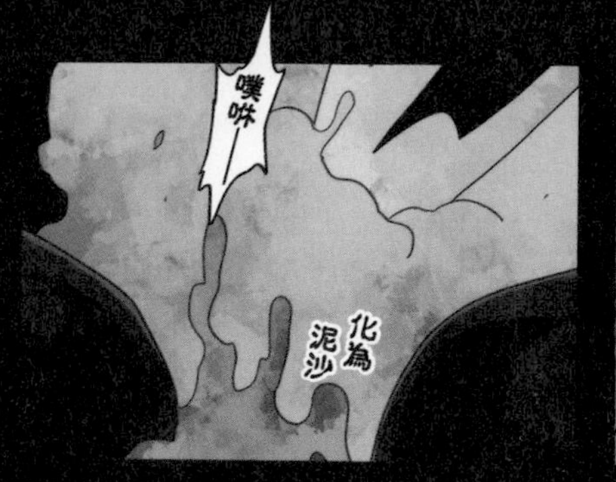

第2話 暴走的赫露

Out of Control

吵雜
喧鬧
呼哇——
終於結束了，
喀！
辛苦了，
多虧有你們
人類，
惡魔才能像
這樣跟人類
一起歡呼……
這樣的景象
真是不可思議。
哈哈哈！
我覺得一個惡魔
跟人類道謝也很
奇怪呢！
呵呵……
一點也沒錯。
不用放在心上，
這些全是「王」
的命令。
而且戰爭還沒有
全部結束呢。

那個充滿惡意的聚合體！

快閃開！混帳東西！
嘖！
巴、巴繆！你還好嗎？
怎麼可能好啊？
鮮血湧出
我不知道妳發生什麼事情！
但這裡是戰場！心不在焉的傢伙就給我滾回去！
……咦？
……抱歉……

巴繆說得沒錯，這裡是戰場——
我該做的事情是……
揍飛這個巨大傢伙！
我感受得到……
這傢伙體內的王臣的力量逐漸向外流失。
大概有三成……這些力量漸漸回到我的體內，
使我的魔力變強了！
雖然我很在意歌布琳的情況……！
轟轟轟——
但現在打倒這個「怪物」比較重要……

把我的力量統統拿回來啊啊啊！
嘶——
分、分解了？
這傢伙居然……解開惡魔型態？
哈哈哈哈白痴！這巨大型態就是要引妳上鉤的啊！
給我帶著愚蠢的悔恨……
灰飛煙滅吧！

不行……
這次真的閃不過了……！
抱歉啊，歌布琳……
沒能讓妳看到
妳所希望的世界……
抱歉！
……
？

結……
結凍了？
畜、畜生！
赫露妳這家伙做了什麼？
劈滋
劈滋
連這種力量大幅減弱的傢伙都應付不來，
妳真是令人絕望的弱小呢，赫露。
!?

別、別希爾？
妳怎麼會在這裡？
!?
歌布琳！

沒事嗎？喂！妳還好嗎？
妳這不是明知故問嗎？
應該可以感受到吧？歌布琳的力量幾乎都回到妳身上了。

對，她死了喔。
被我殺死的。

……
死……
歌……
布琳……

!?
大地在……騷動？
好驚人的魔力……
難道！
是赫露？
轟轟轟——
地震！
地震！
喂喂，這個姿態……
我還在赫露體內時，曾經看到過！

將死國幾乎摧毀殆盡的……
暴走狀態！
轟轟轟——
……妳是誰？
我暫時把你的傷口凍結起來，以免失血過多而死。
拋！
因為我需要你幫我照顧這個傢伙。
敵人？還是友方？
呼……
呼……
?!
結冰
照顧？可是這傢伙不是已經……
我自然有我的理由。

現階段，
我得專心……用盡全力讓這個暴走的怪物冷靜下來。

以免她隨著仇恨不斷膨脹變大……
提前毀滅這個世界。
嘶——

轟轟轟！

小心！

是那個女人的方向，不知道發生什麼事……
儘快了結這邊趕過去吧。

唰——！

哎呀呀，
真是難得。
頭一次看到你
如此生氣的樣子。

真的……陪你們
玩得太久了。

再這樣下去，
「計畫」會被那個
女人打亂。
現實悖離——空間支配！

又是
居合斬？
真是了無新意。
鏘！
!?

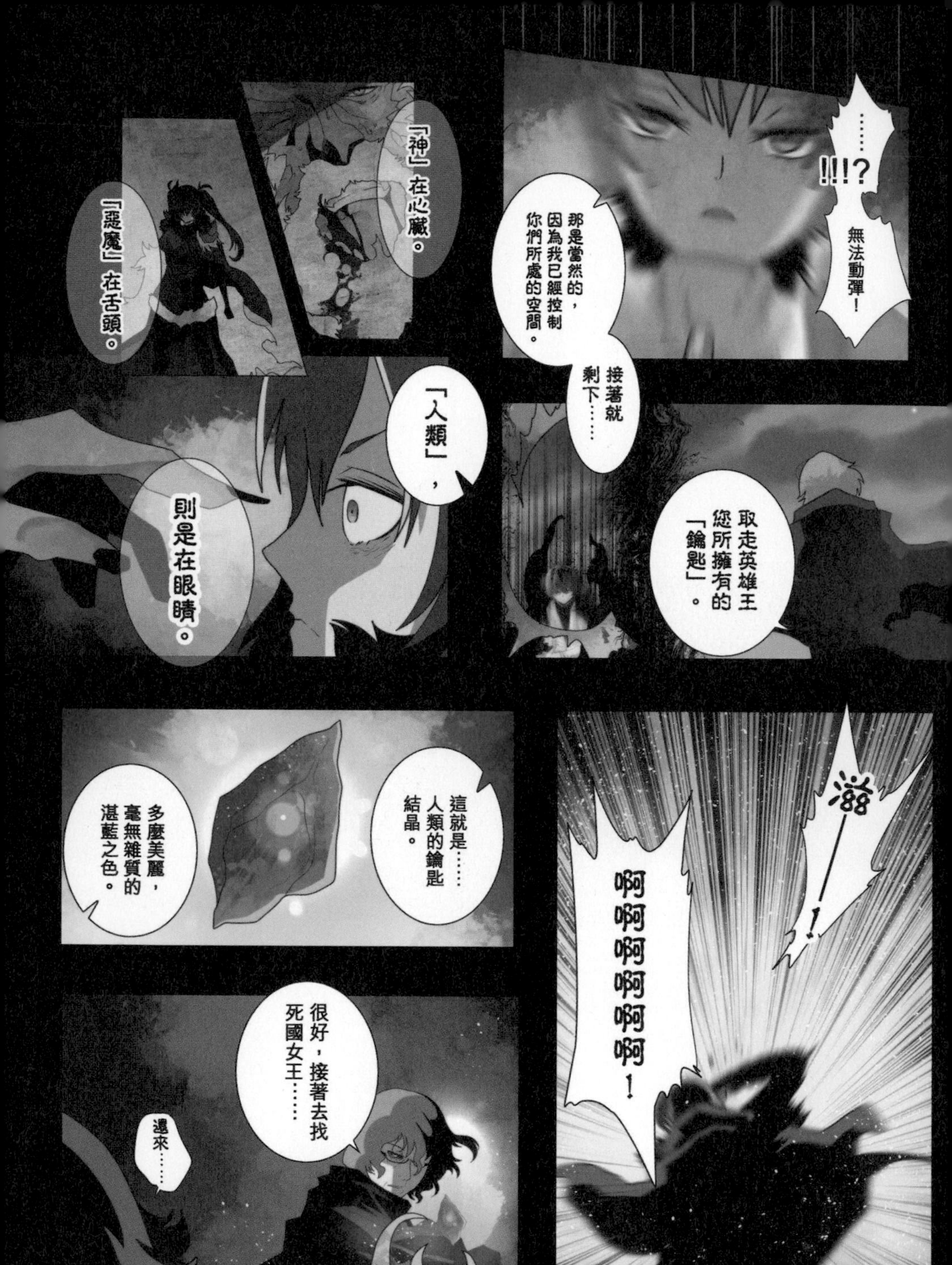

……!!!?
無法動彈！
那是當然的，因為我已經控制你們所處的空間。
接著就剩下……
取走英雄王您所擁有的「鑰匙」。
「神」在心臟。
「惡魔」在舌頭。
「人類」，
則是在眼睛。

劈開
咻——!
真是驚人，居然還站得起來……
據説強制把「鑰匙」取出，就像摘掉心臟一樣痛苦。
可惜你已經沒有用處了。
接下來，我得去找死國女王。
把那個玩意……還來!
對了，你剛剛説……
頭一次看到我生氣的樣子?呵呵……我也是呢!
第一次看到偉大的英雄王，如此狼狽不堪。
呼……
呼……
哈哈哈哈!!!!

華爾裘莉雅，妳能把我帶到死國女王那邊去嗎？
呼……
你根本還無法動彈啊！
……沒有時間了。拜託妳。
……
我知道了。

可惡……！
人類國王！你沒事吧？

……的方法。

唉……完全失去理智了。
妳聽我說啊，歌布琳雖然死了，
但說不定還是有復活……
滋
滋

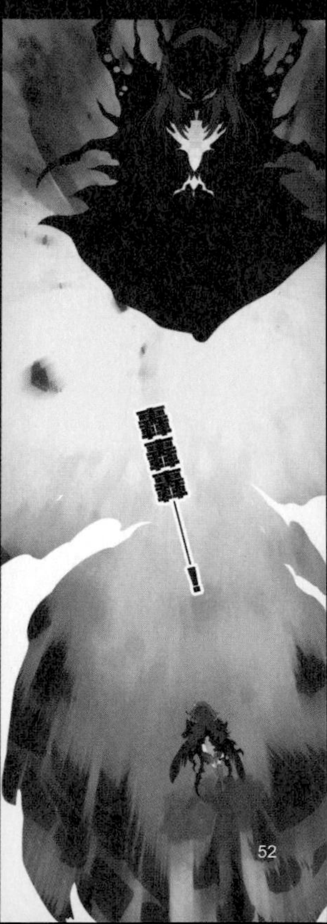
轟轟轟──！

哎呀呀，看看妳……對自己的領土做了什麼？
已經失控到無法乖乖聽別人說話了嗎？

是你啊？
殺死奧汀的男人，剛好我也要找你，應該說「你的能力」。
妳啊……真的是毫無利用價值呢。
妳覺得為什麼讓妳保存「王臣力量」至今？
喔喔喔喔！斯芬你來得正好！
快用你的「現實悖離」復原我的傷勢！
咦？
因為這是讓「那個人」再次降臨的關鍵，需要有人「保護」。
現實悖離——空間支配！
這、這個是？
但是妳卻差點死在他們手上。
慢、慢著！你聽我說！
只要一步走錯，王臣力量被奪走。
「那位大人」就無法復活，計畫也會宣告失敗。
斯、芬……
擠壓！
你這個混帳！
擠壓！

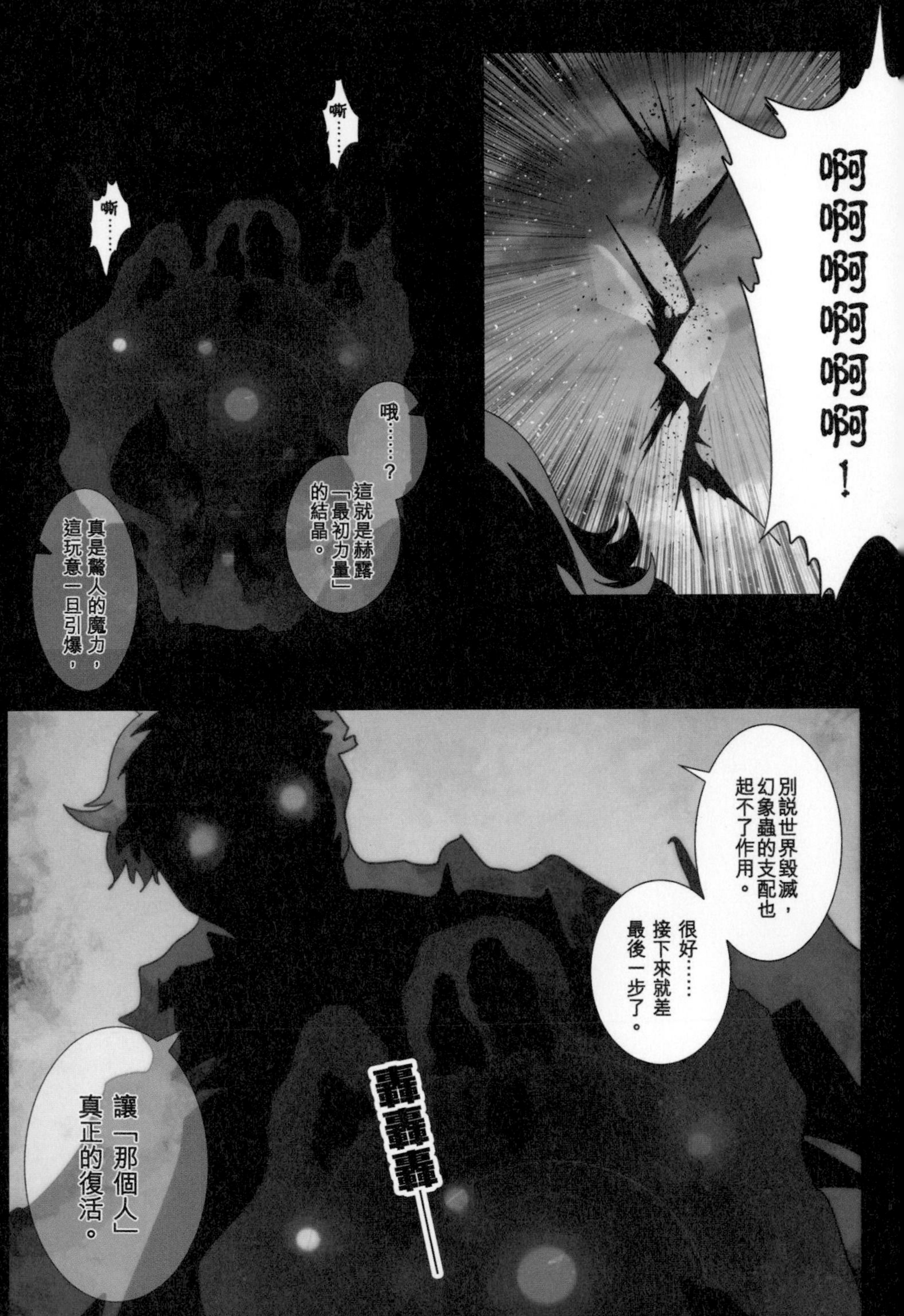

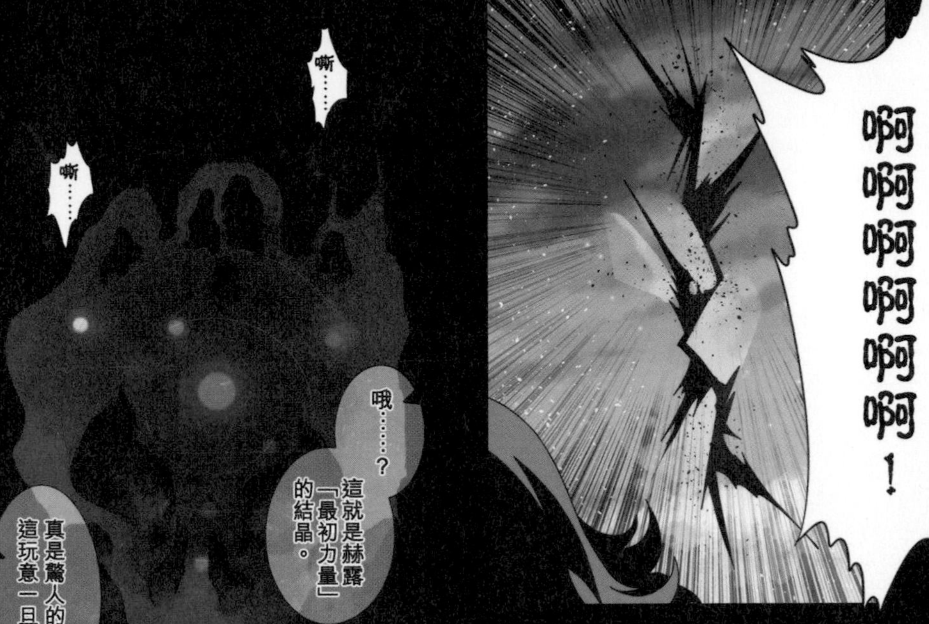

別說世界毀滅，幻象蟲的支配也起不了作用。
很好……接下來就差最後一步了。
轟轟轟—
讓「那個人」真正的復活。

如果是食物的話，
歌布琳大概是

關東煮高麗菜卷

其實我原本是要畫
野菜天婦羅……

第3話 第三次諸神的黃昏
Ragnarok
碰！
咦？啊咧？變回來了？
也對，那個惡魔都死了！
接下來，
我必須讓這頭失控的「怪物」停止下來才行。
!?

抬頭！
尾巴？真危險……被那玩意打中可就不妙了。
!?
哎呀呀——
踏
真是危險，差點就沒命了。

不過看來引誘魔王攻擊，

再伺機潛入它的嘴裡這招，是成功了。

把結晶交出來吧！魔王！

轟！

這裡……

應該就是「鑰匙」，惡魔之舌的所在地。

!?

滋滋滋—

!?

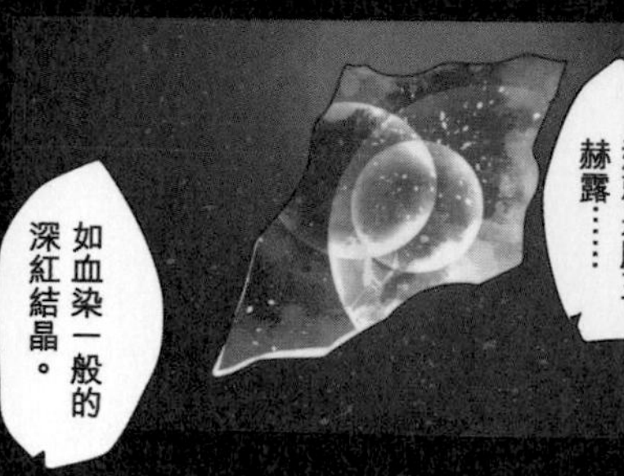
這就是魔王．赫露……
如血染一般的深紅結晶。

咻咻咻——！

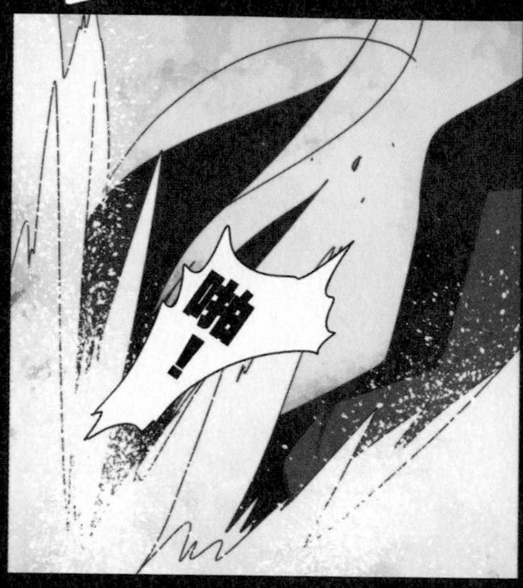
啪！

沒想到，你真的能把那個樣子的赫露撂倒……

這樣的話……

我是否該給你這樣的報酬呢？

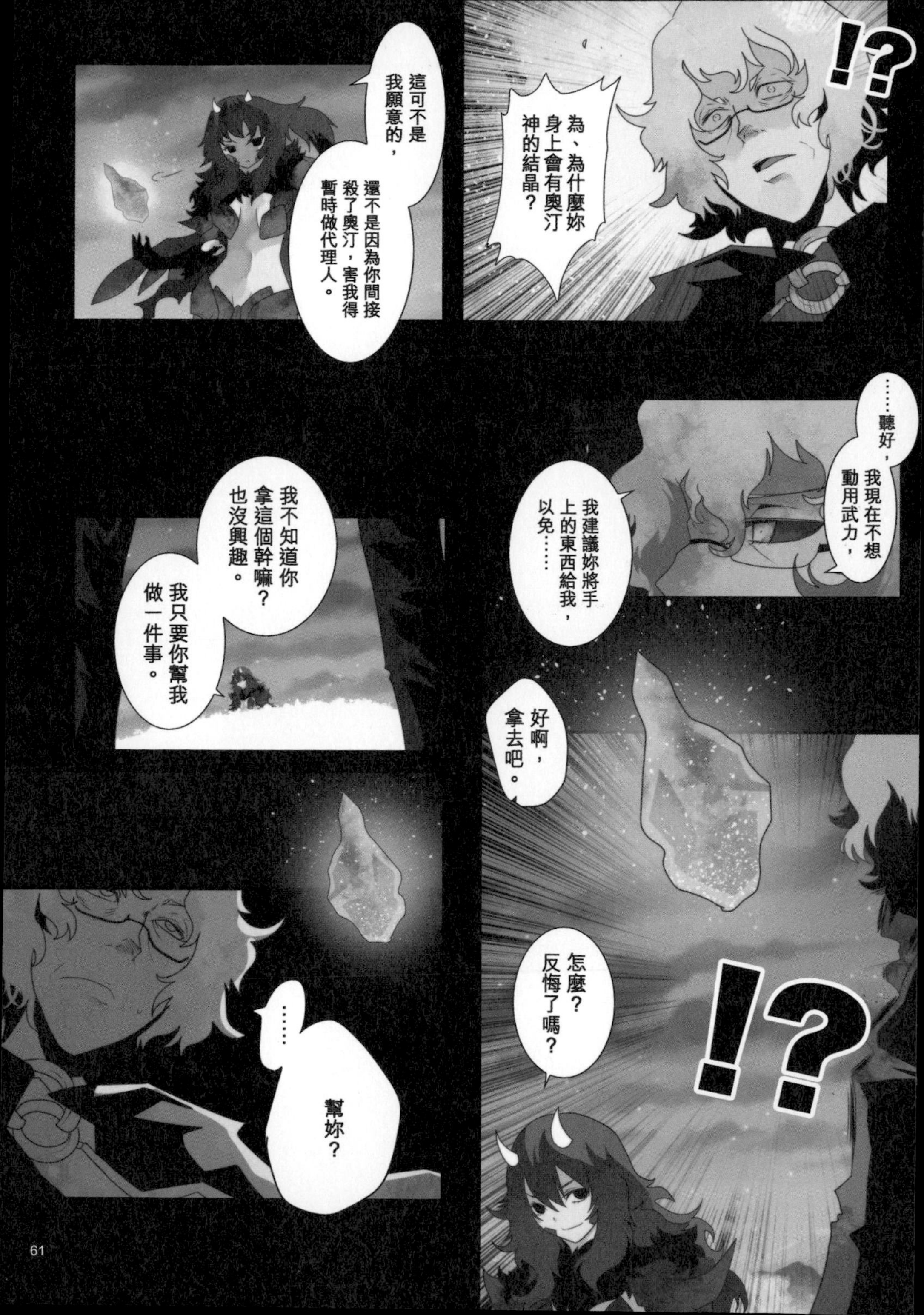

!?

為、為什麼妳身上會有奧汀神的結晶？

這可不是我願意的，

還不是因為你間接殺了奧汀，害我得暫時做代理人。

……聽好，我現在不想動用武力，

我建議妳將手上的東西給我，以免……

我不知道你拿這個幹嘛？也沒興趣。

我只要你幫我做一件事。

好啊，拿去吧。

!?

怎麼？反悔了嗎？

……

幫妳？

用你的能力「幻象蟲」，復活這位大叔懷裡的……
這個女人。
她是……
歌布琳？
……是嗎，我還以為妳早就死了。
小女孩，妳會這樣拜託我，意謂著妳清楚我的能力吧？
幻象蟲的「現實悖離」的確可以抹除掉人們認知的不可能，包括「復活」這件事。

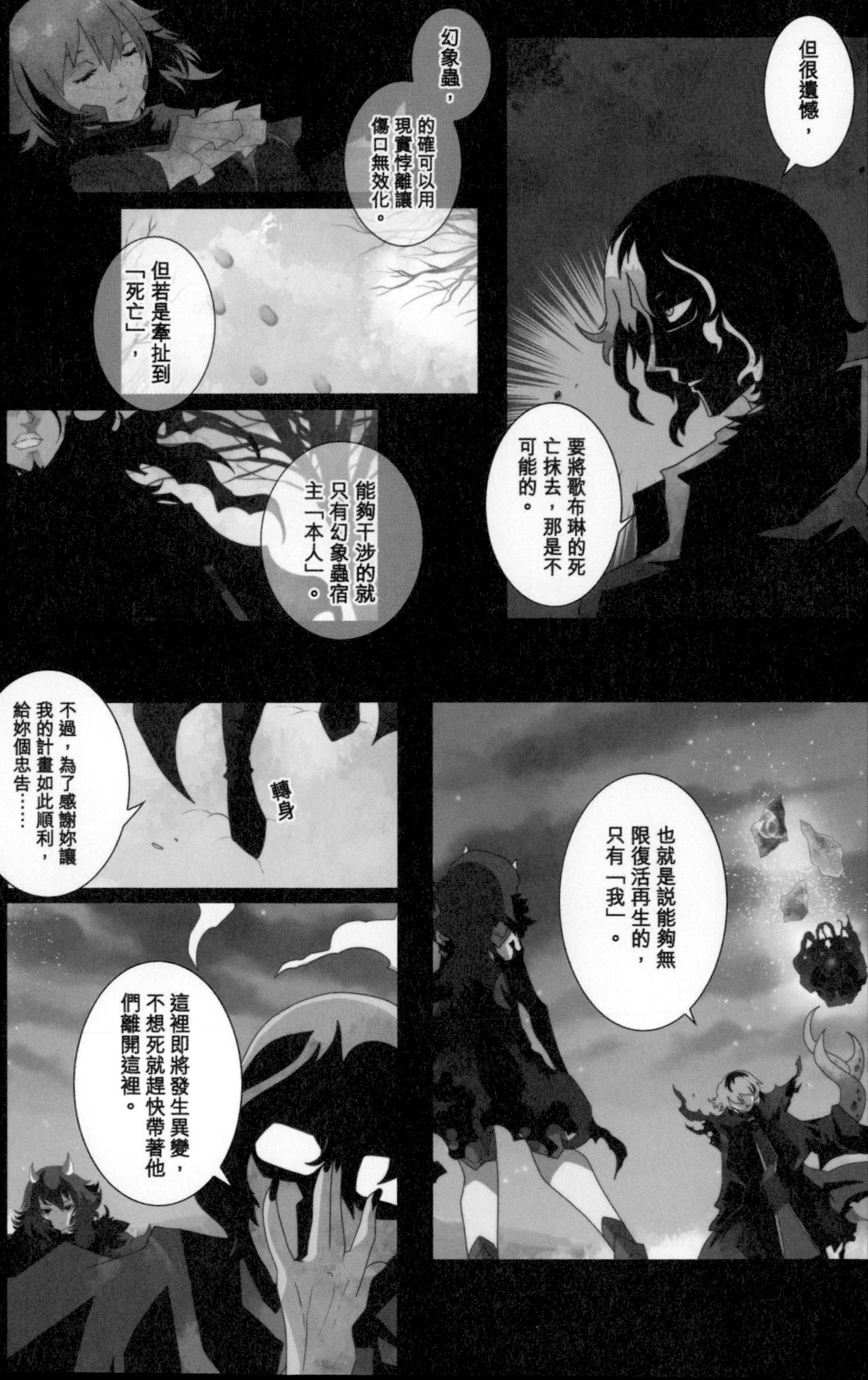

幻象蟲，
的確可以用
現實悖離讓
傷口無效化。

但若是牽扯到
「死亡」，

能夠干涉的就
只有幻象蟲宿
主「本人」。

但很遺憾，

要將歌布琳的死
亡抹去，那是不
可能的。

也就是說能夠無
限復活再生的，
只有「我」。

人與神，與惡魔的力量結晶。
將打開阿卡西克的道路。
「那個人」將成為全知全能的絕對存在！
並迎來「第三次的諸神黃昏」！

死月在……
哭泣？

不對！
正確來說……

死月像是灼燒擴大般的……逐漸在崩毀。

轟轟轟
看來……終究還是晚了一步啊。
踏

!?
這個聲音是、是你？
那時候跟我一起被關在地牢的……

奈、奈爾！
啊啊……好久不見了，別希爾。

為什麼你會在這裡？
好——好，我知道妳有很多事情想問，
這件事晚點再說。
……！
這裡並不安全，換個地方聊吧。
況且我還得把一些人帶離開這裡。
滋——
轟！
!?
這個術式能夠阻隔外界一切傷害。
不過缺點就是被施術者無法動彈。
而且我還得專心尋找這裡能夠承受這個術式的人。

真是了不起……

這一切完全照您所想的在進行著……

「這次的世界」是否能得救，就看您的了。

王。

發光
滋
滋
轟轟轟！
啪！
那是什麼？光束打在血月碎片上面？
恐怕是
散射反應。

來了！
!?
碰碰碰！
發光
喂，你們看！
那是什麼？

!?
碰碰碰！
碰碰碰！
碰！
……！
吼喔喔喔！
原來如此，您就是被「上鎖」的那段消失歷史嗎？
的確，直到剛剛我才終於想起您的名諱。

「大蛇」——
耶夢加得！

把您知道的，有關這世界的過去……
統統告訴我吧。

咻咻—
這裡究竟是什麼地方？
希望你能解釋清楚，奈爾。
這裡是由艾爾芙咒語所產生的地方，
我們稱作「第三世界」。
3rd World
躂！
要稱作是你們的潛意識世界也行。
總之這裡是絕對安全的地方。
其他人也被我帶到同樣的地方，
這樣要解釋前因後果比較方便。
因為你們肯定囉哩囉嗦想問一堆問題對吧？

真是太奇怪了！身為魔族的你為何能使用如此強力的艾爾芙咒語？
妳的記憶果然還是沒有完全恢復啊。
這個術式，就是妳所設下的啊。
為了拯救大家，還有赫露。
!?
什、什麼意思？
唉唉
奧汀那老頭果然已經沒有多餘魔力……
將記憶「覆蓋」在「這次的世界」……。
別希爾，「這個世界」發生過幾次諸神黃昏大戰？
當然是兩次啊！
這個大家都知道吧？
不對，
實際上是「尚未發生」。
!?

我得告訴妳，現在是「第三次的世界」。
妳、我，還有赫露他們，在之前的世界全都沒能存活下來。
妳應該也疑惑過，阿斯神界為何變得終年大雨、殘破不堪？
唔！

第一次諸神黃昏，奧汀率眾抵抗邪神洛基卻兩敗俱傷，導致世界面臨崩壞。
幸虧奧汀消耗大量神力，將大地重新構築並復活生靈們。讓我們進入了第二次世界的歷史洪流。
遺憾的是「記憶」在第二次世界中也被「繼承」下來，
洛基之子——「大蛇・耶夢加得」為了復仇，再次引發第二次諸神黃昏大戰。

奧汀用盡全力，
讓世界再次進入
第三次輪迴。
等、等等！
可是這次奧汀他……！
就是妳認為的
那樣……

拯救世界的英雄．奧汀
已經不存在了。
這次的第三次諸神黃昏，
將是最後的世界。

如果是食物的話，
英雄王大概是

切開後也是黑的
有毒物質X
話說這算是食物嗎……？

負債魔王
DEVIL GAME

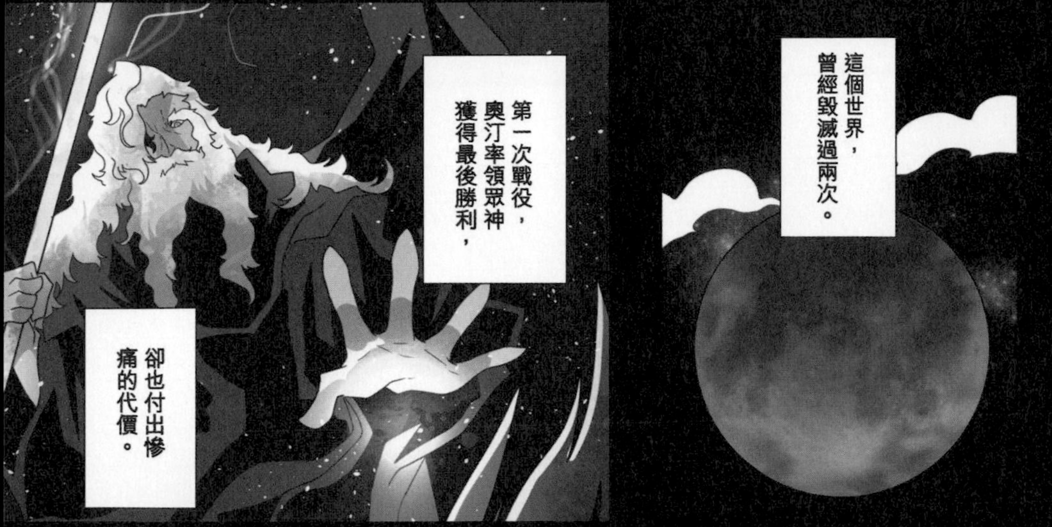

這個世界，
曾經毀滅過兩次。

第一次戰役，
奧汀率領眾神
獲得最後勝利，

卻也付出慘
痛的代價。

第4話 最後的世界
The Last World

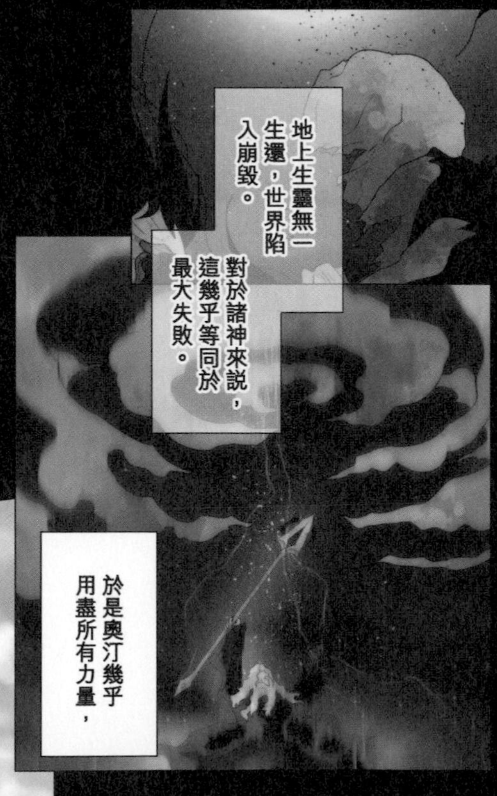

記取教訓的邪神洛基，這次聯手自己的孩子……

能夠噴發出大量瘴氣的「大蛇‧耶夢加得」。

吞噬眾神的「魔狼‧芬里爾」。

以及亡魂的主宰者——「死國之王‧赫露」。

再次，向諸神復仇。

所以「第二次世界」毀滅……

奧汀又再構築了第三次世界？

說對了一半，

正確來說，奧汀心有餘而力不足，

反而拚命拜託祂再次拯救世界的人是——

我們的魔王。赫露大人。

!?

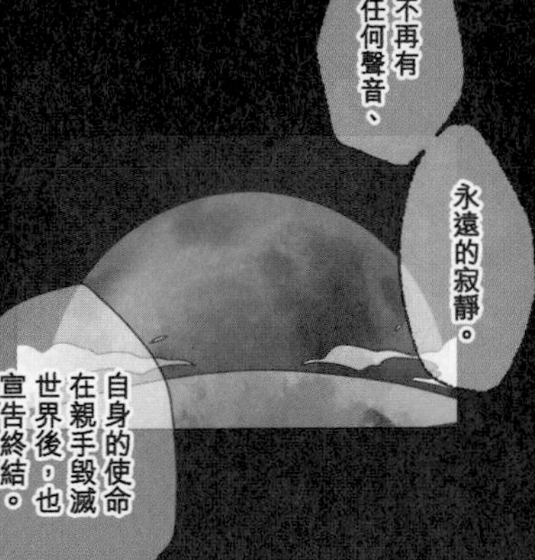

為了讓世界再次轉動，赫露打開了通往神界的大門。
踏過英靈的屍首，來到了被永久放逐的諸神之地……
喀咚！
找到了奧汀。
真是沒想到……
神與惡魔有同桌共餐的一刻。

可惜桌上都是些難以下嚥的食物，
話是這麼說，其實跟流放諸神的魔族一同用餐，
才真是令我作嘔的事情呢。
奧汀
於「第二次世界。」
妳的來意，我已經明白了。
但老夫完全想不通，已經獲得勝利的你們，為什麼還要將世界再次構築？
也許永遠的寂靜對魔族來説是好的。
但沒有生命意謂著沒有死亡，
對於不再有使命的世界，不是我所期盼的。

呵呵……畢竟那次大戰連同亡魂都消滅殆盡了。
看來擁有永恆生命的妳，對那樣永遠黑暗又寂靜的世界感到無趣。
那麼進入第三次世界後，
妳打算怎麼做？背叛者・赫露。
……死國將會在左右「諸神黃昏」命運的關鍵戰役，
故意輸給人類一方。
妳說……「史上最大殲滅戰爭」？

是的，依照過去歷史，我們可以輕鬆戰勝由人類英雄王所率領的討伐隊。

但這次我會放棄進攻，並陷入長達一百年的沉睡。

這段時間足以讓人類一口氣攻破死國之門。

如此一來，我的兄長魔狼芬里爾對峙人類英雄王時，應該會深受重傷。

意謂著他將無法參與諸神黃昏戰役！

而諸神這邊，趁我們與人類打得不可開交時……

要儘快將大蛇・耶夢加得封印在死國之月中。

……真是驚人，這可是驚天動地的叛國行為吶。
為了種族間的生命繁榮與和平共存，妳真的願意做到這種地步嗎？
不過即使如此，可能還是無法敵過命運呢……
什麼意思？
縱使保留了記憶，試圖在「新世界」做出不同抉擇，但最終還是導向同一個結果，
反而沒有保持記憶的情況下，還有微乎其微的可能性改變世界。
這就是「宿命論」。
……
那麼，
祢可以選擇性的方式，選擇某些人，或是在某個時間點下，恢復我們的記憶嗎？
……選擇性？意思是只在關鍵時刻恢復或保持記憶？
只要三個人就好！
哦……有意思，也許是可以孤注一擲的方法，那麼妳想要保留誰的記憶？

首先，請讓「斯芬・衛斯里」，在見到恐懼大蛇時恢復記憶。
斯芬……是人類的斥候總長啊？
原來如此，他的確是個善良又強悍的男人，

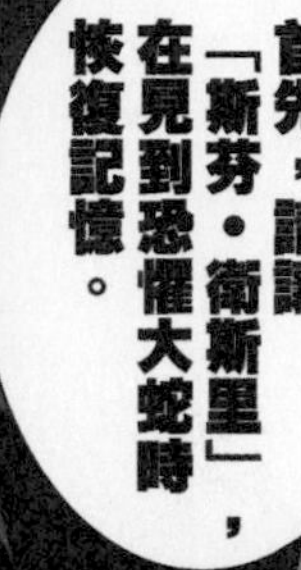
但他的那份溫柔，導致他最後墮入了魔道，參與毀滅世界的戰役。
妳不考慮清楚嗎？

那個人……親眼見過「拋棄世界」後的下場，
如果是歷經兩次世界的他，肯定沒問題的。
我相信這個溫柔的男人……

把「拯救或毀滅」的選擇交給那個男人嗎？真是冒險吶……

畢竟斯芬·衛斯里那傢伙，在這個世界可是接受了大蛇的提議，墮入深淵成為地上的恐怖之王。

咳！不過現階段來看，他的確是最理想的選擇……

那麼，第二位要恢復記憶的人是……？

是我的一位忠心部下——

我希望他在別希爾覺醒時恢復記憶，

成為向她說明真相的「解鈴人」。

避免像「這次的世界」一樣，別希爾與斯芬聯手帶給世界絕望與恐懼。

我知道了，

那麼最後一位是妳吧？妳打算什麼時候恢復記憶？

斯芬‧衛斯里做出『我希望的抉擇』時！

想必……那個時候正與大蛇正面交鋒吧？我需要他的力量！

而另一個時間點，
就是人類進攻死國的
「史上最大殲滅戰爭」
那瞬間！

當我進入一百年的
沉眠後，世界的命運
就能夠開始改變！

「封印大蛇」、
「芬里爾重傷」、
「死國的毀滅」，

只要能成功達成這
三個條件，齒輪就
能夠再次轉動！

僅存一片漆黑，
不存在任何「意義」
的絕望之淵。

如果是食物的話，
無頭騎士史萊姆大概是

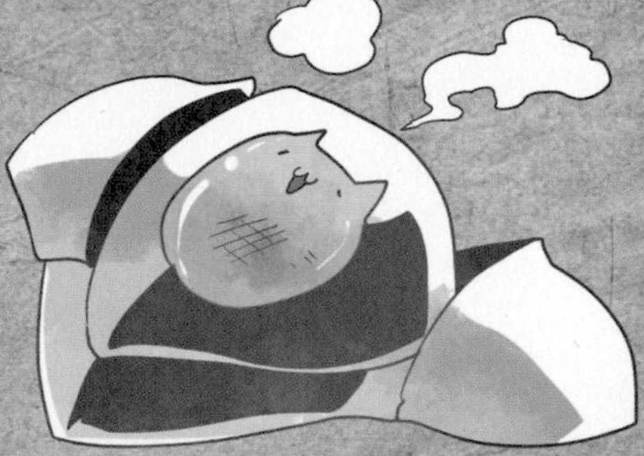

油亮油亮的
銅盤烤肉呢。

話說無頭騎士
你是鐵做的吧……？

負債魔王
DEVIL GAME

第5話 完全覺醒 Memory

然後第一件事就是
殺掉赫露那個叛徒!

這個混帳不僅
讓芬里爾身受
重傷!

還聯手奧汀那傢伙
將我封印這麼久!

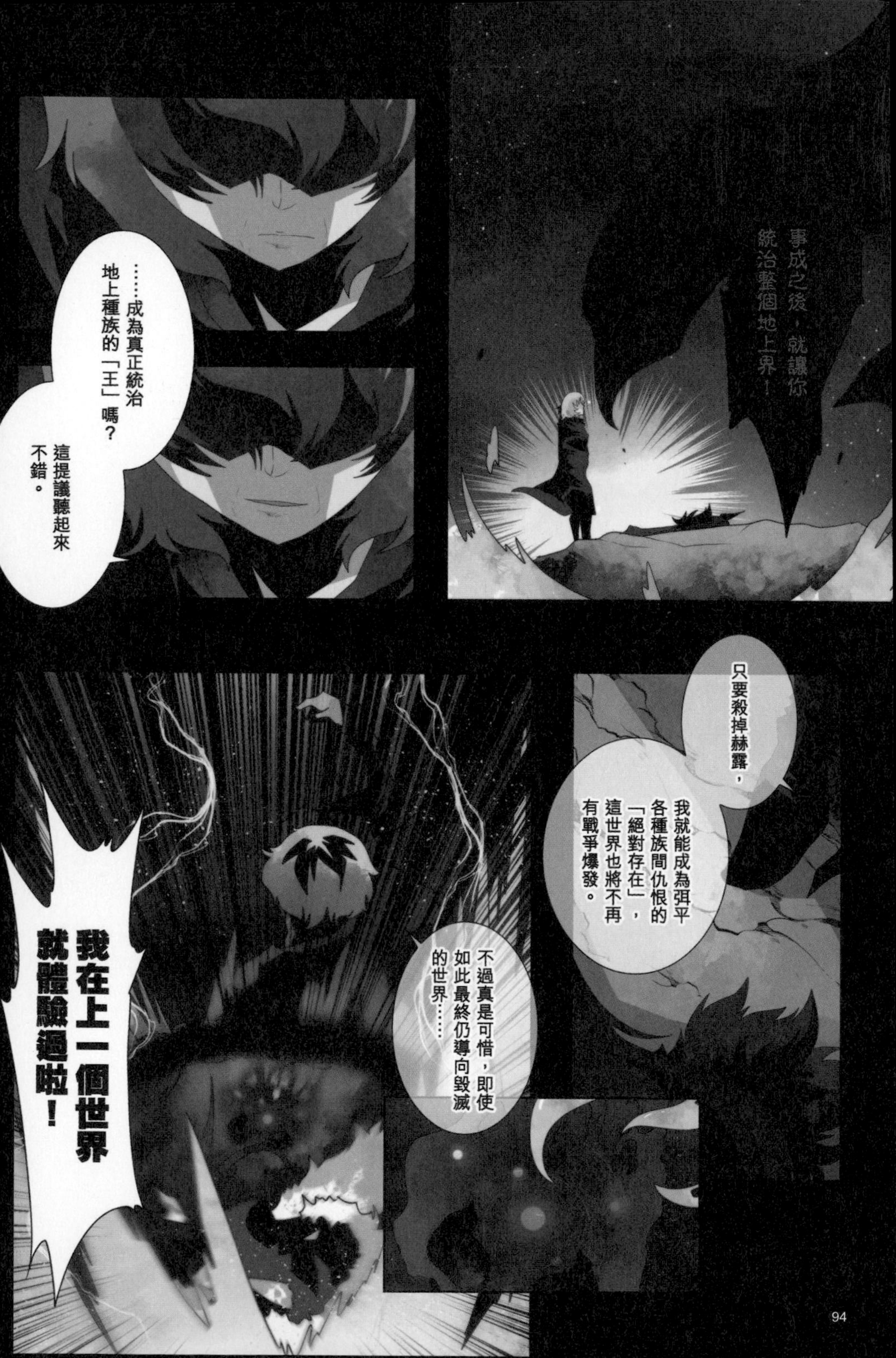

事成之後，就讓你統治整個地上界！

……成為真正統治地上種族的「王」嗎？

這提議聽起來不錯。

只要殺掉赫露，

我就能成為弭平各種族間仇根的「絕對存在」，這世界也將不再有戰爭爆發。

不過真是可惜，即使如此最終仍導向毀滅的世界……

我在上一個世界就體驗過啦！

斯芬你這家伙……！
到底在做什麼？
嘶嘶嘶──！
！！？
低、低賤的人類，居然背叛我們這些至高的存在！
那麼你也一起去死吧！

畜、畜生！
妳這傢伙完全覺醒了嗎？
赫露！
咻！
!?
!?

這就是……
死國之王原本的姿態嗎？
嗯……
有種懷念的感覺，但要駕馭這股力量看來得適應一陣子。
哼……真是的，我到底哪一點讓妳信任啊？
萬一我接受了大蛇的提案，
將妳的魔力來源交給你們的「父親大人」該怎麼辦？
這樣一來，就不可能有人阻止得了……
那位「絕對恐懼的存在」。

到最後世界一樣成為永遠的漆黑與死寂。

如果即使如此，你還是做出那樣的選擇，

我一定會拚盡全力痛扁你！

轟!!!

!?

我一定要殺了妳！

赫露妳這傢伙！居然敢背叛父親大人！

接下來，

就讓我毫不保留、使盡全力……

把這頭大蛇揍飛到世界的盡頭吧。

轟轟轟——

斯芬，你聽過「摩莉甘」嗎？

嗯，

在人類之間偶爾會發生的一種絕症。

其實摩莉甘是一種……

劈滋

劈滋

我的兄長「恐懼大蛇」身上所釋放的瘴氣。

降臨於大地，充滿死亡與絕望的毒素，

嘶——

嘶——

就算是像你這樣的人類，也難保不受影響。

不可能！

你說我的母親她……

並不是赫露處死的？

別胡說八道！要不是赫露讓她服下「摩莉甘」，她又怎麼會死？

「摩莉甘」是一種瘴氣，不可能以藥物形式讓人服下。

妳的母親之所以會感染這個死亡毒素，是因為……

除了混血之子之外，她還有個特殊身分……

「恐懼大蛇」的替身。

瀕臨死亡的報喪女妖讓整件事情浮上檯面，
妳的母親遭到逮捕。
但是赫露陛下並沒有當場處決，反而暗自拿出緩解劇毒的藥物，讓妳母親服下。
最後讓妳的母親帶著解毒藥流放到人類領地。
你要我相信，
赫露才是解救母親的人嗎？
事到如今……
這就是事實。
如果妳有什麼不滿，還是疑問……
就快要結束了，妳自己問她吧。

嘶嘶——

原來如此……這就是死亡劇毒「摩莉甘」。

嘶嘶——

的確，就算是不死身的我，身體也感到越來越沈重。

反觀赫露她一副泰然自若的樣子，看來這個毒素對她沒有用。

不僅如此，取回力量後的赫露比起之前簡直天差地遠……

沉靜且美麗，就算面對足以撼動天地的攻擊……

也絲毫不覺得她會輸給任何人。

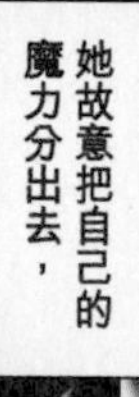

她故意把自己的魔力分出去，

因為赫露知道不夠成熟的她無法駕馭這股強大的力量。

多餘的力量也只會變成別人覬覦的目標。

轟!!!

轟!!!

這傢伙……

不，那不重要，擋在我們統治世界路上的釘子……

咕嘟

咕嘟

統統拔除就行了吧！

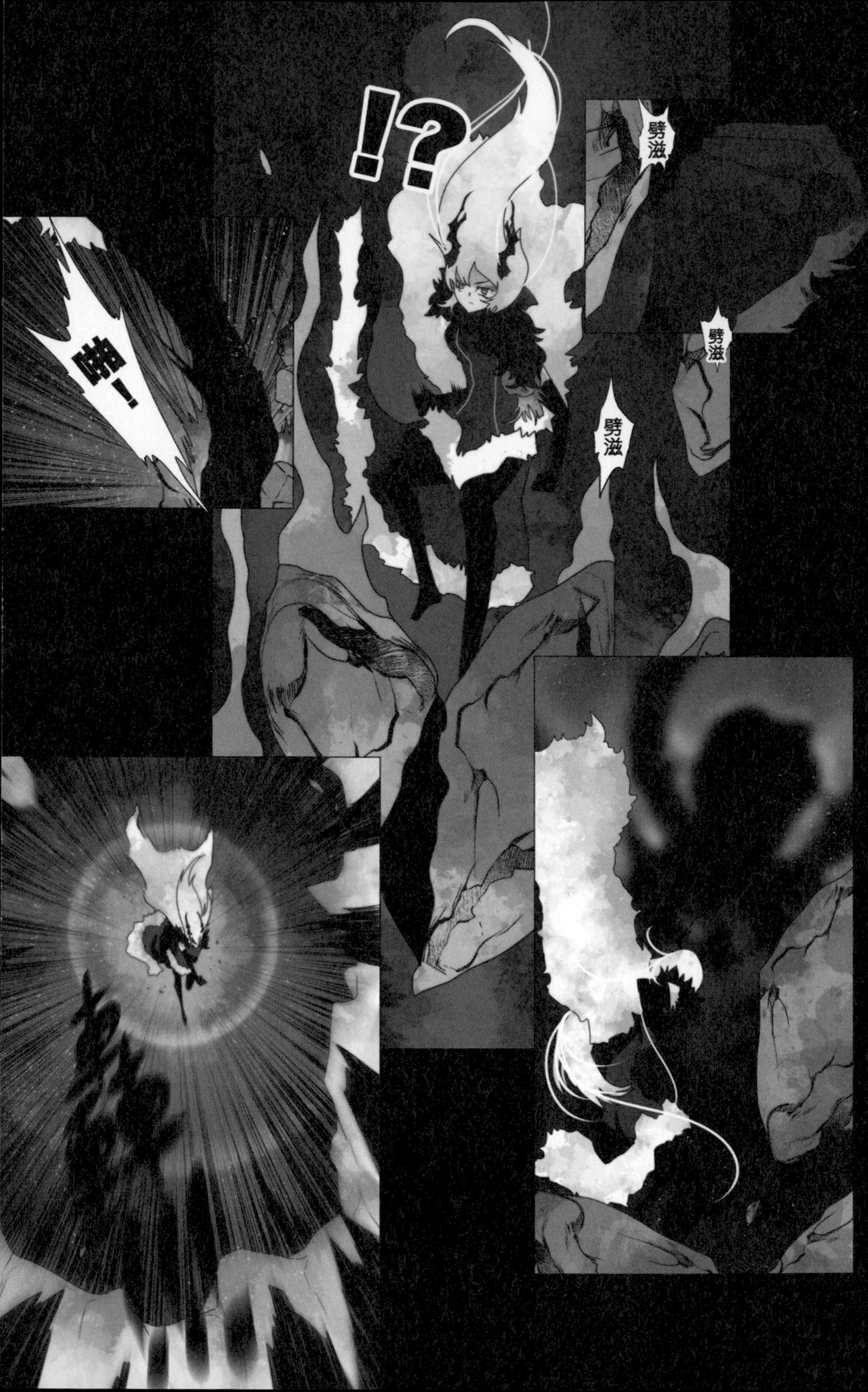
劈滋
劈滋
劈滋
!?
啪!

居然……
只用了一擊？
搖搖欲墜

……真是驚人。
這樣比起來，那傢伙根本連萬分之一的力量都無法控制！
充其量只是個笨蛋。

結束了，我們去跟其他人會合吧。
決定好下一個目的地了嗎？

那還用說嗎？當然是父親大人現在占據的地方……
人類的王國「米得加爾德」──。
英雄王殿！
最
的決戰之地！
我的父親──「洛基」，
一定在那裡等著我們。

那麼事不宜遲，我們使用「王契」傳送過去吧。
那可不成。
「王契」這種可以在三大世界自由來去的方便道具，
我已經交給歌布琳，讓她去神界執行任務。
是嗎……「王契」最多僅能讓一個人到其他世界去，這樣的確不夠。
接下來我們得傳送不少人。
所以我有更好的辦法。
嘶——
轟轟轟！
!?

這是……「突破壁」。

用強行手段打開連接世界的大門，可、可是……

沒錯，作為代價，在另外一個世界也同時要有人……

不斷提供自己的力量，讓雙方大門產生共鳴才行。

我的部下——不死幽靈一族的無頭騎士，就在人界將大門開啟等著我們過去。

轟轟轟——

還有我史萊姆喔！

吸乾魔力

之前將英雄王與他的部隊運過來，

也是使用同樣的方式。

……

既然門已經打開了，那我們走吧。

……？怎麼了？？

這個世界不斷重複，來到了第三次。
前面兩次，幾乎都是因為我而毀滅。
聽從惡魔的呢喃，得到了怪物一般的力量。
自暴自棄……利用權力，把恐懼帶到世界每個角落。
這……彷佛是我的使命。

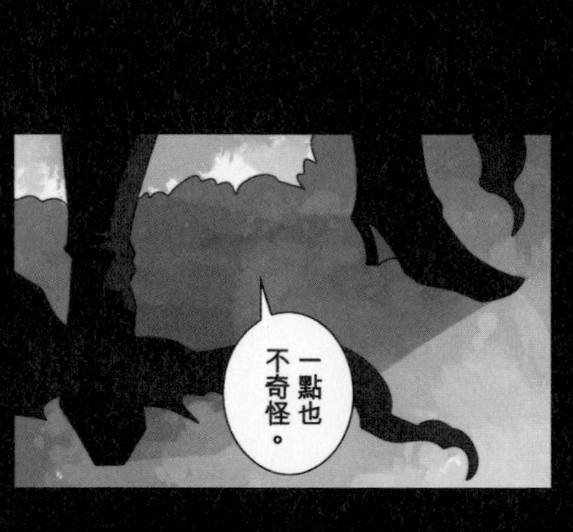

你跟我一路走來，身上早已背負許多「生命的重量」。

那樣的罪惡不論花上幾千年，都是不可能償還的。

但是生命能夠「孕育」生命。

這也是你跟我唯一能做的……

不讓絕望熄滅火苗。
用你我的餘生，永遠向不斷誕生的生命贖罪吧。
……
赫露妳……還真是嚴苛啊。

如果是食物的話，
別希爾大概是

沁涼暢快的
冰淇淋漂浮蘇打。

但妳這造型
喝下去感覺會
血流不止呢！

第6話 邪神洛基

Loki

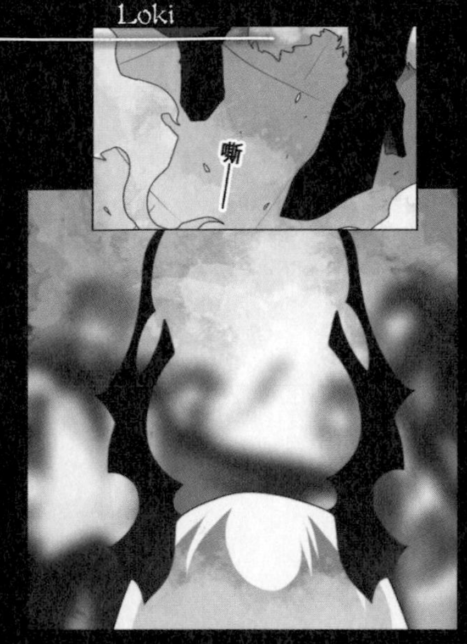

看大家的表情……
接下來這扇門的後面……
想必已經知道事情的來龍去脈了吧？

接下來這扇門的後面……
由我一個人進去。
!?
等等！那妳召集我們來在這裡做什麼？而且一個人也太危險了！
不要誤會了，在門的外面……

充滿由「父親大人」所創造的活屍，我需要你們幫忙爭取時間。
吼……

剩下的作戰計畫，斯芬會告訴你們。
推開大門
喀！

死國女王——

赫露！

身為死國之王的妳，
卻拒絕黑暗與死亡，這件事至今我仍然想不透。
「這次的世界」，妳不斷把自身逼入絕境，
把什麼都不剩的自己放逐到人類世界。
並縝密的執行一步步毀滅我的計畫……
這點我要給予妳高度讚賞。
可是呢，身為父親的我……
裂開！
劈滋！
我與諸神作戰而身受重傷，真正的身體甚至受到禁錮。

如今只能依附在人類身上，發揮不到以往百分之一的力量。
妳要將我毀滅的計畫可說是非常成功，
這不禁讓做父親的感到有一點憤怒呢……
覺悟吧，我要親手毀滅妳這個失敗作品，
然後取回身體再次君臨整個世界！

呃……
呃……
呃……
嗚哇……數量完全沒減少，
這樣下去沒完沒了啊！

咚刺！
碰！
倒地！

真是煩人，特地跑來這裡可不是為了跟這些雜魚玩遊戲的。

統統給我讓開！
鏘！

!?
那個架式……
什、什麼？王你該不會想……

?!
快趴下！大家快趴下！

居合斬！

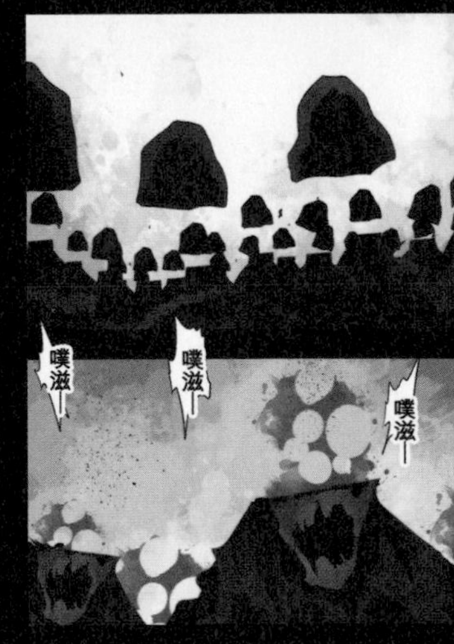
噗滋—
噗滋—
噗滋—

……
國王陛下本來打算什麼都不說就使出這一招嗎？被砍到會死人的啊……！
哈、哈哈……

不，這跟國王原本的力量差太多了。
咦？
從無法把我劈成兩半就看得出來。

看來是少了這個吧，

原本屬於英雄王的力量。

還給你。

報喪女妖這邊則是神的結晶，

啪！

我從大蛇的遺骸中挖出來的。

代表「人類」與「神」的你們兩位，接下來要去的地方……

是我們現在腳下所在的地下層。

很遺憾，

用這份力量。

我還有更重要的事情要做……

我們已經沒有退路了，身處命運齒輪……
最後一次世界的各位。

雖然不及我的本體百分之一，
滋！
滋！
但至少能跟依附狀態的我稍微抗衡一下。

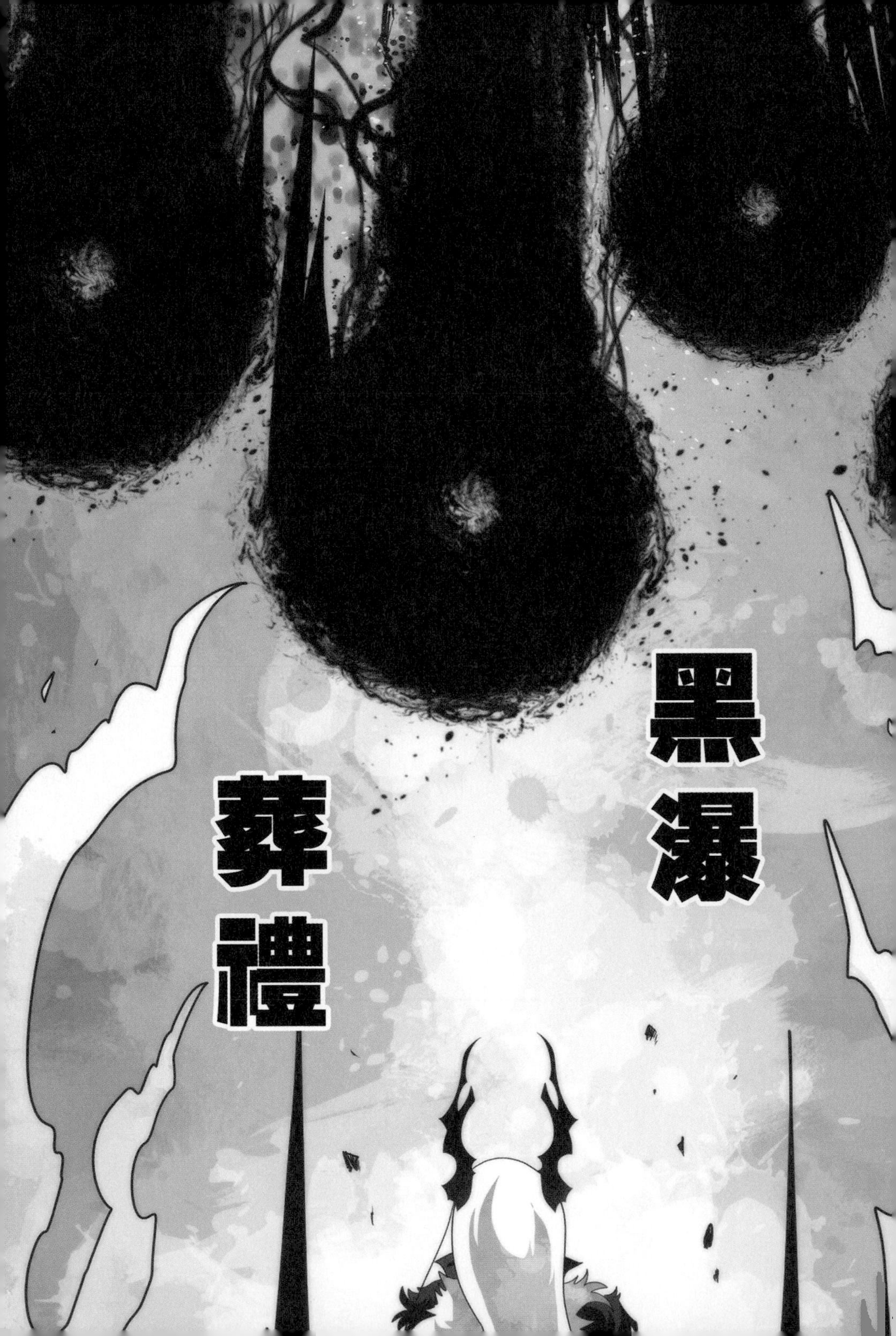
黑瀑
葬禮

嘶嘶——
!?

毫髮無傷？不對，是一瞬間……
使用超速痊癒？
!?
裂開！
讓我們換個地方決一死戰吧！「父親大人」。
崩落
塌毀

嘶——

王殿的正下方……
我記得這個地方是
「英雄王的陵墓」？

這裡擁有世界
最強的禁錮結界，
同時也是……

……你的葬身之處。

……哦？

……我大概知道赫露為何選擇這裡為最後的戰場了。
英雄王的陵墓為了遏止各種族的盜墓者入侵，
與奧汀那傢伙聯手施加了非常強力的禁錮結界，只能進不能出。
赫露這傢伙想把我永遠封印在這裡啊……
原來妳的超速再生能力除了能治療本身傷口……
滋滋
連妳想要的東西都可以復原。
身為我們家族「最弱」的妳，居然成長到這種地步……
踏濺
身為父親的我感到十分欣慰。
為了獎勵妳，就讓我稍微拿出真本事應戰吧。

嘰！
嘰！
轟轟轟
雖然外表還是人類，但氣息相當接近父親……
竊笑
接下來要謹慎應戰，否則……

好驚人的速度……！
!?
碰！
……嘖！我必須要快點掙脫！
咕哇！
咳噗！
畜生……好大的力量！

如何？很痛苦吧？身體傷口也無法順利再生吧？
呵呵呵……可惜現在後悔已經……
!?
……
你怎麼進來這個地方的？
喀！

你在開玩笑吧？這裡可是埋葬各代人類英雄王的陵墓，
西格德。
照理來說，你才是應該要以盜墓罪直接處決呢。
呵呵……除了英雄王，連妳也來啦？
看來還一併接收奧汀那老頭的力量。
別希爾。
你很清楚嘛，洛基大人。
嘶！
我還有很多事情要找你的女兒算帳，
要殺她的話，你得先過我這一關。
喀！
喀！

!?
冰瀑墓葬！
這個冰柱混合了「神」的力量結晶，
小看它可是會吃大虧的啊。
嘶——

噹！
不愧是邪神洛基，
神與惡魔的混種力量也無法給你致命一擊嗎？
……不，妳可以打從心裡感到自豪，
剛剛那一招可是讓我非常的……不愉快。
哎呀呀，真是驚人……
我聽說這還不是洛基的真正姿態啊。
如果計畫失敗，讓洛基取回自己的力量，那他到底有多強呢？
……天曉得。
大概幾十個我也打不贏他吧？

那還真是……
不得了呢。
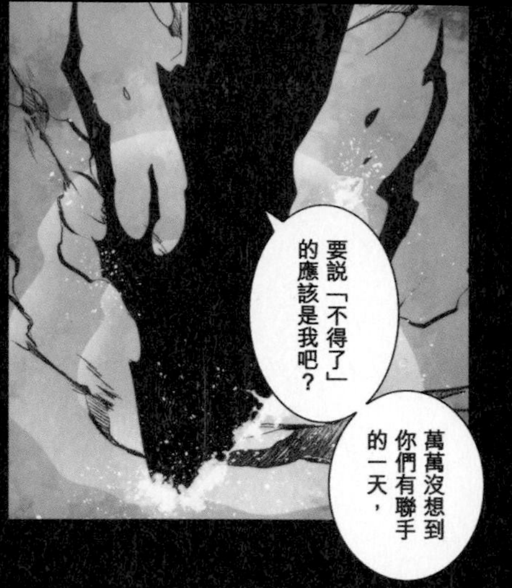
要說「不得了」的應該是我吧？
萬萬沒想到你們有聯手的一天，

統治六大族、背負最強名號的賢者英雄——
人類之王。

諸神與惡魔的惡作劇，產下的報喪女妖——
混血之神。
繼承了吾一族血脈的最後子嗣——
反叛惡魔。

人、神、惡魔齊聚一堂，為了獎賞你們……

就讓你們瞧瞧何謂「絕望」吧！
!?

轟轟轟
轟轟轟
轟轟轟
哎呀呀，
洛基這傢伙，
該不會打算……
轟轟轟
把這麼驚人的魔力
結晶扔過來吧？

拚死命擋住這擊！
喀啦！喀啦！
冰瀑颶風！
火蓮斬！
紫 鞭！

哈哈哈哈哈哈哈！
就這麼想掙扎到最後一刻嗎？
這是……最後了！
絕對不能在這裡認輸！

轟轟轟！
可、可惡……！
再這樣下去
會被吞沒的！
就差一點！
如果這時再
有一份力量！
!?
……是你。

也不想想是誰把你從鬼門關救回來……
你曉得自己在做什麼嗎？
呵呵呵……瞧瞧你現在這副德性，剛剛那擊用盡所有力量吧？
……
你的臨陣倒戈似乎是赫露早設計好的戰略。
斯芬・衛斯里。
真是太令我訝異了，你對這世界的恨意就僅僅如此嗎？
算了，對一個粉身碎骨，即將死去的雜魚無須多費唇舌。

哈哈哈……洛基那傢伙在說什麼啊？
擁有幻象蟲的斯芬可以無限再生復活……
不……
恐怕斯芬已經……沒有那種能力了。
早該不存在這世界的他，身體也漸漸開始崩壞了。
……這是什麼意思？
你已經做好了斷了嗎？

「幻象蟲」能夠無限復活再生的只有「被寄宿者本人」。

……我終於能夠親口向她道歉了。

只要轉移到歌布琳身上，她就能復活。

為了我以前的所有愚蠢過錯而懺悔。

嘰嘰喳喳的……

吵死了！

不過破解一次黑暗大風暴……

不要太囂張了！雜碎！

轟轟轟

呵呵……早就料到你會這麼說，

掏

所以我準備了這個玩意。

知道這是什麼嗎？

!?

那、那個是……

大萬能藥！

灑

你很清楚嘛……這是傳說能夠恢復所有負面狀態的最高級秘藥。
包括「寄生」。
喂，你寄生在我的孫子身上夠久了。
再撐一下……我的身體！
給我滾出來！洛基！
嘎、嘎啊啊啊！
拜託！撐一下下就好！
拉扯！
畜生！
快住手！
如此一來洛基就能絕對弱化！拜託，撐到……最後……！

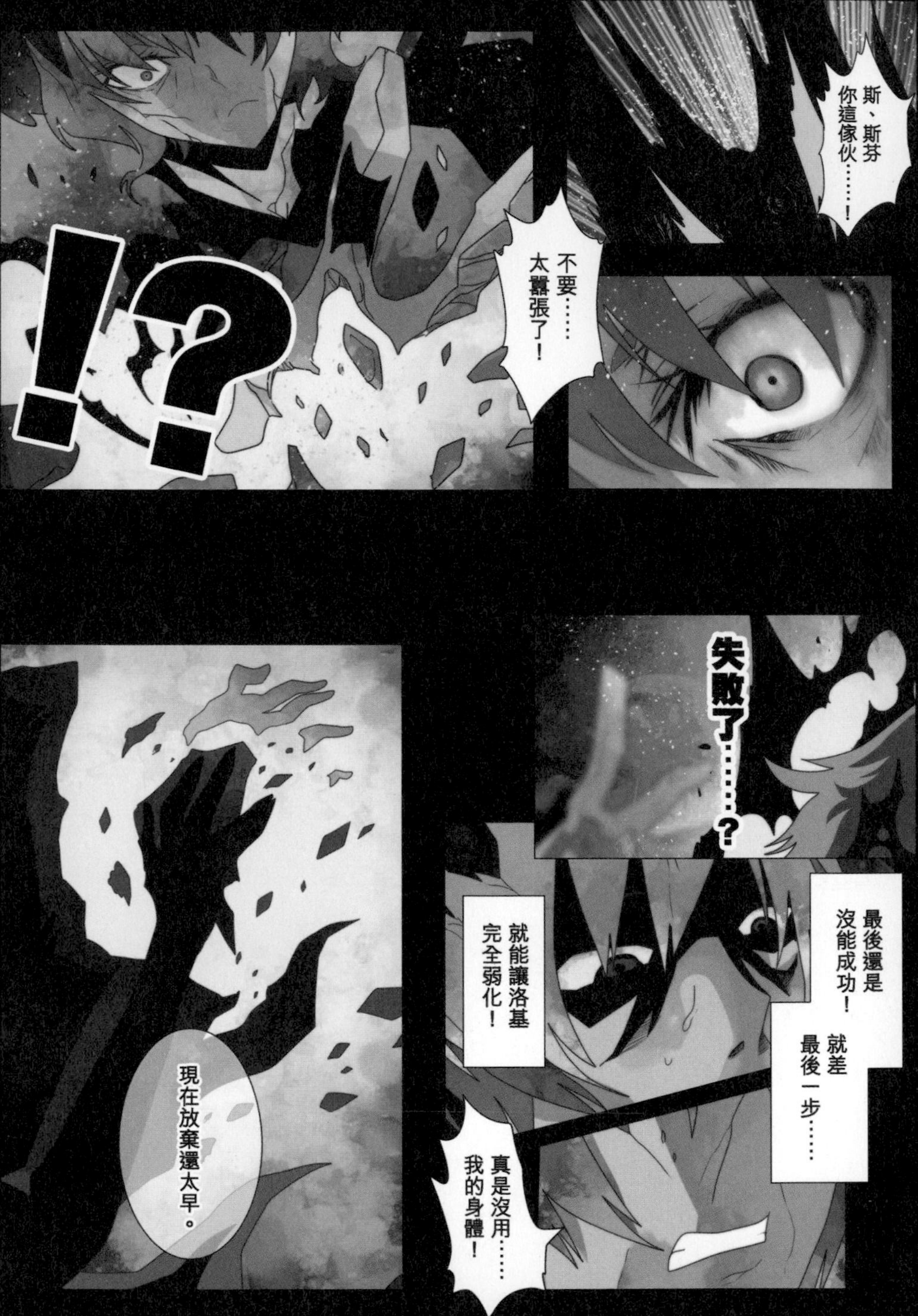

斯、斯芬
你這傢伙……！
不要……
太囂張了！
!?

失敗了……？
最後還是沒能成功！
就差最後一步……
就能讓洛基完全弱化！
真是沒用……我的身體！

現在放棄還太早。

歌布琳？
我們一起改變……

世界的命運吧。

畜、畜生！
不過是區區……
人類！

就差最後一點！
讓洛基分離後，
他就會大幅弱化！
撐下去！

畜生！
畜生！
拉出來了！
!?

給我乖乖的在
另一個世界反省，
然後徹底消失吧！
妳們這兩個……
背叛者……
居然敢……！
啊啊啊啊啊啊！

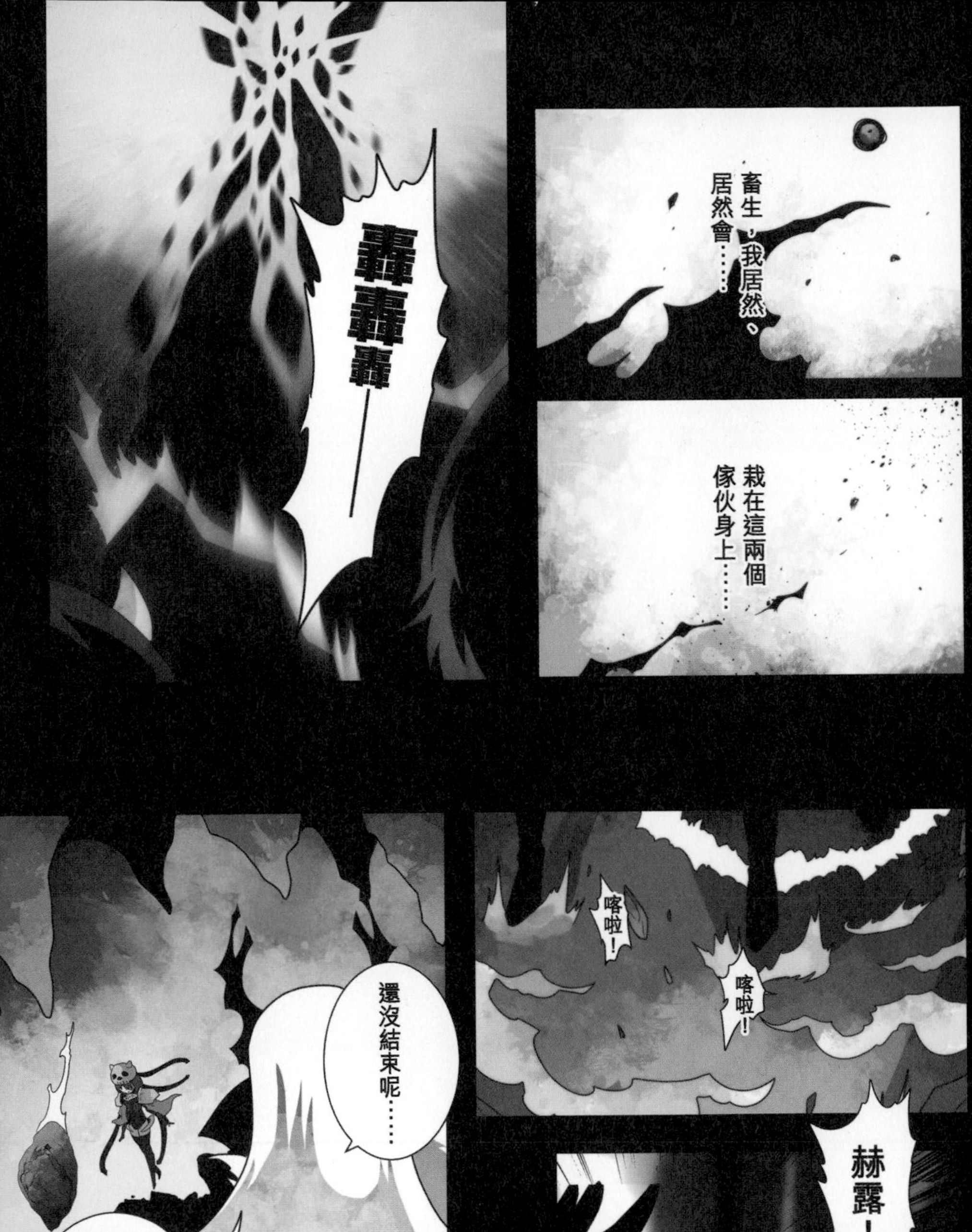
畜生，我居然、居然會……
轟轟轟——
栽在這兩個傢伙身上……
喀啦！
喀啦！
還沒結束呢……
貝德，洛基已經是那副德性，勝負結果出來了嗎？
赫露！
不要過來！

……是的，
這場惡魔遊戲的最終勝利者……
是現任死國的女王！
「赫露」大人！
……呼。
這樣一來就沒問題了，
世界的命運開始改變……
咕嚕！
咕嚕！

還早呢！
！？

你們以為我這麼簡單就死了嗎？

接下來我就寄生在赫露身上！用更強的力量統治世界！
哈哈哈哈哈哈哈哈哈！
上鉤了呢。
！？
這、這是什麼東西？

赫露妳這傢伙……
到底做了什麼？

所以赫露陛下，

向這場惡魔遊戲許下了願望。

!?

一旦勝利，就能發動平常魔力辦不到的咒術式陣，製造出異度空間。

並永遠將您禁錮在那個空間之中。

在那裡，您無法干涉其他世界。

沒有生命、沒有死亡，只存在虛無的靜謐空間。

這樣不是很好嗎？一個是為了自己野心不曾付出父愛過的……
「失職父親」，
一個則是粉碎父親野心、背叛家族的「不肖女兒」。
讓我們一起到那個地方……
反省一輩子吧。

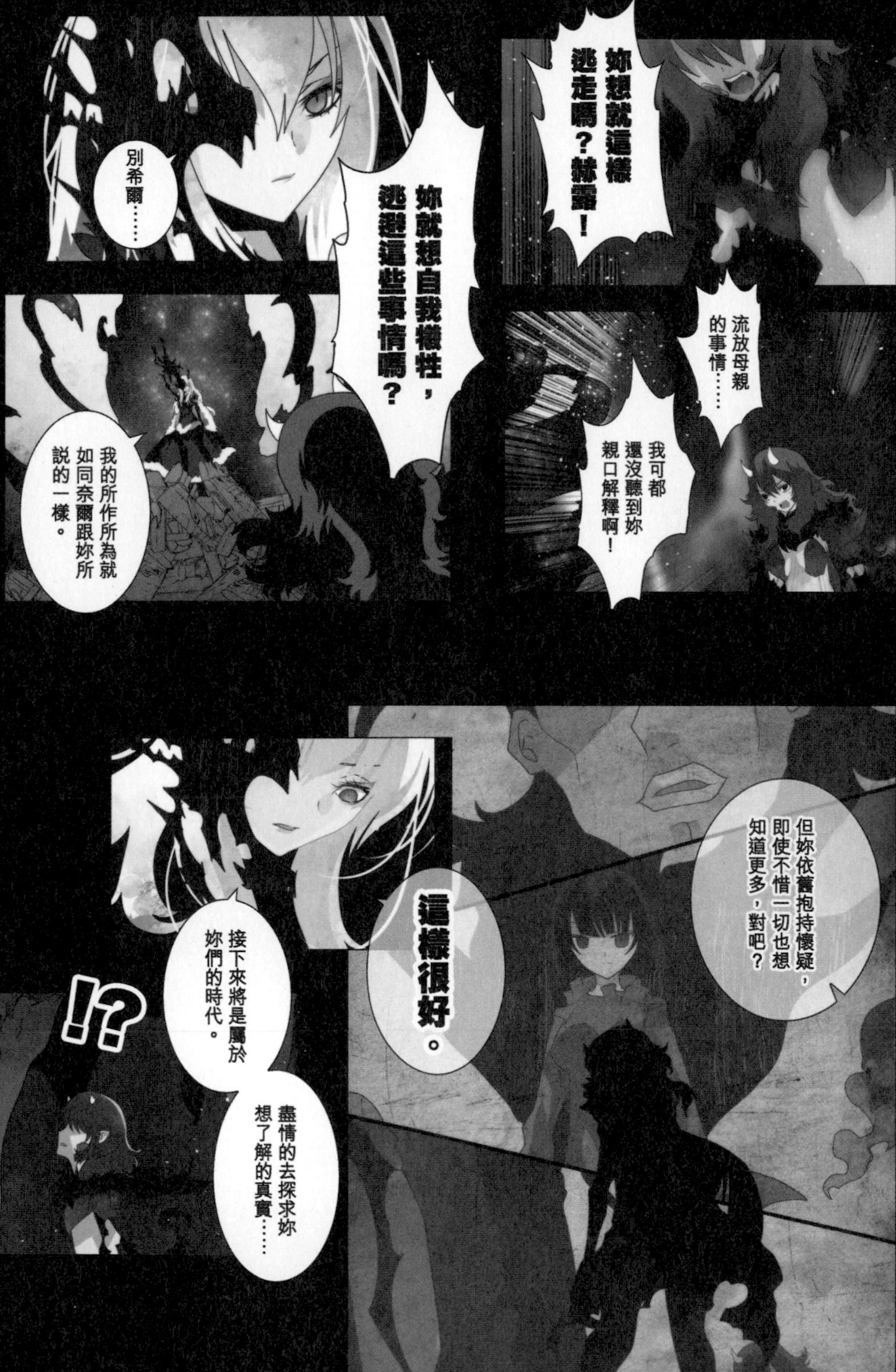

妳想就這樣逃走嗎？赫露！

妳就想自我犧牲，逃避這些事情嗎？

別希爾……

流放母親的事情……

我可都還沒聽到妳親口解釋啊！

我的所作所為就如同奈爾跟妳所説的一樣。

但妳依舊抱持懷疑，即使不惜一切也想知道更多，對吧？

這樣很好。

接下來將是屬於妳們的時代。

盡情的去探求妳想了解的真實……

!?

用上妳們與這個世界的一輩子吧。

那死國呢？

妳也想棄之不顧嗎？

我知道的，其實
妳並不恨人類……
妳清楚明白人類中
也是有好人存在！
甚至比我更希望能
弭平這世間一切種
族間的仇恨。
妳，歌布琳，
由妳來繼任魔王，
一定可以建造出
理想的國家。
妳……在說什
麼蠢話……

有什麼不好呢？

……斯芬？

從以前妳就很善良，如果是妳的話……

不同種族的孩子們，

在妳的保護之下，一定可以擁有美好的未來。

……

斯芬……

我跨越三個世界……也完成不了的願望，就拜託妳了……

歌布琳。

妳願意繼承斯芬的遺志嗎？
要我繼任妳的位置，
我辦不到。

我只會暫時代替妳……！
然後迎接妳回來！不論要花上幾年……
妳都是我們的王！
……謝謝妳，歌布琳。

人類的國王。
？
我照約定，掃除了所有阻礙王國發展的危險因子，
希望你也能……
遵守你的諾言。
放心吧，我會做到的。
……好。
這樣一來，最後的惡魔遊戲就真正結束了。

世界歷經了兩次毀滅，
犧牲許許多多的生命，才讓時間的齒輪繼續轉動，
迎向了最後結局……

不，是「開始」吧？

這個世界已經不再重來，去創造吧……

就算遇到了困難，也能同心協力……

種族之間再也沒有紛爭……

去創造那樣令我羨慕不已的……

新未來吧。

是嗎……

陛下她……

未來，

將是個嶄新的世代。

如果是食物的話，
斯芬大概是

暖呼呼的
紅豆年糕湯。

沒有為什麼，
我只是想吃而已。

某人還說要畫懷石料理呢。
誰要畫那種難畫的要死的玩意啊啊啊啊！

負債魔王
DEVIL GAME

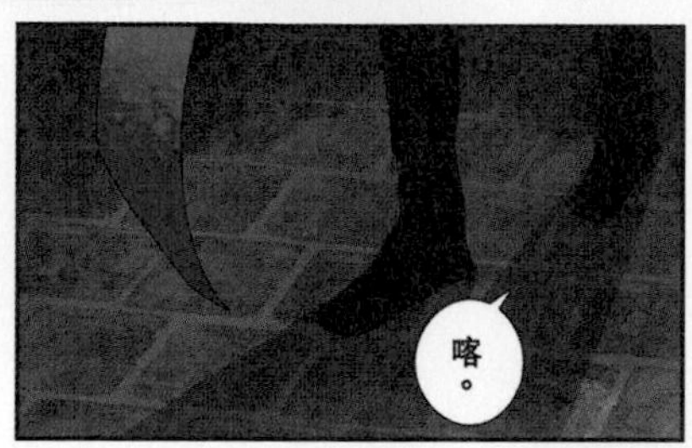

第7話 最終章
Devil Game

其餘的類似申請案，
還有一百多件，我想
今天處理完有點難度。
歌布琳陛下，
您是否還是休息一下
比較好？
沒關係，拿給我吧，
法夫尼爾・衛斯里。
種族間的事情最
為優先，這是你
爺爺以及吾王赫
露的願望。
在您的勤奮工作下，
死國改變了很多呢。
哼哼！
等赫露回來時，
我要讓她嚇一跳。
邀請函……
另外還有
一件事報告，
這是人類國王
送來的「邀請函」。
是嗎？
已經到這時候了。

「救世主——斯芬・衛斯里的聖祭日。」

王都——米德加爾得

多虧了赫露向英雄王請求，我們衛斯里家族的名聲才能獲得平反。
也才知道爺爺他……內心承受多麼大的痛苦與責難。
現在他被賦予「救世主」之名，存在於這個他想守護的世界。
那我想以他的視野去看待每一個種族。
……很像你爺爺會說的話。
咳！請問是歌布琳……
還有法夫尼爾陛下嗎？

——洛洛？
能見到兩位很開心，
好久不見了。
你怎麼會在這裡？
我是專程來迎接兩位的，
我們備有馬車，需要直接送兩位到王都大殿嗎？
……不用了，
我想用步行的方式，看看新世界的風景。
咦？原來洛洛現在是左大臣輔佐官啊？
那將來不就是準參謀長的意思嗎？

嗯……雖說是協助左大臣參謀長做事，
但因為她非常嚴格，所以我常常挨罵呢。
不對。
不對。
不對。
只是右大臣因為日子太和平而無用武之地，
最近迷上廚藝，還開了間店。
本來很擔心會影響軍隊訓練。

但國王陛下説因為很難吃，很快就會倒光，所以也就不管她了。
真是最殘酷的評語呢。
那傢伙還是老樣子。

圖特復興了他的家鄉「天空花園」，成為了領主。
稅收都當作福利用來照顧村民，成為真正使人幸福的莊園。

佩波邦成為了國家的宮廷魔法導師，
負責教育魔法學院的學生。
巴繆老闆雖然失去了右臂，但他相當樂觀，
還是開著酒館快樂的過日子。

走過來時，有看到山上那間氣派的洋館嗎？
那是盔甲騎士蓋的，他現在過著很富裕的生活。
他的確從赫露那邊贏了不少錢。
很像他的作風

對了，歌布琳陛下妳那邊有「主神大人」的消息嗎？
「神」？
別希爾啊，我最近跟她見過幾次面。

她為了重新構築消失的神界，吃了不少苦頭呢。
又放著工作溜掉了。

主神大人，妳躲在這裡偷懶啊？

還是這麼想知道妳母親的事情嗎？
工作也有這麼認真就好了。
算了，我主要是來報告人類國王邀請參加聖宴祭的事情。
不參加、不參加。我不去那種麻煩的場合。

少囉唆，我忙著檢視阿卡西克紀錄庫，
已經三天未闔眼了。

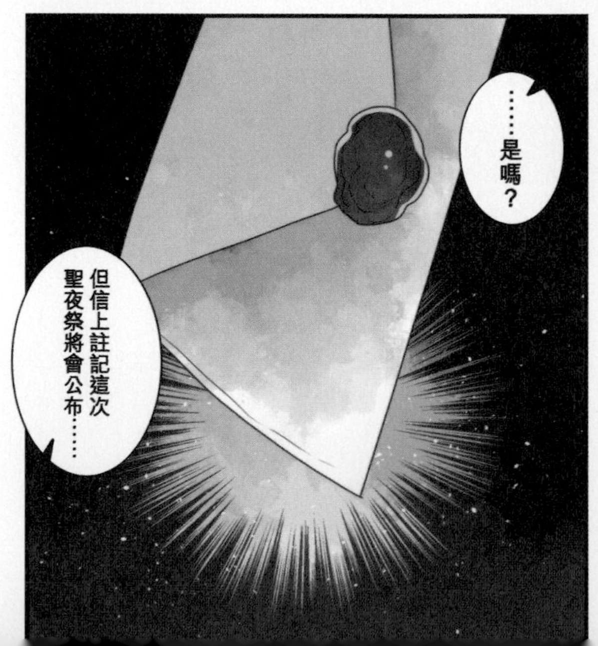
……是嗎？
但信上註記這次聖夜祭將會公布……

赫露的下落呢。

突然有
興趣了嗎？
!?

赫露的消息？
她……
她回來了嗎？

所以……
英雄王那邊真有赫露陛下的下落嗎？
真是令人無法置信。

應該沒有任何辦法……
可以從那個空間逃出來吧。

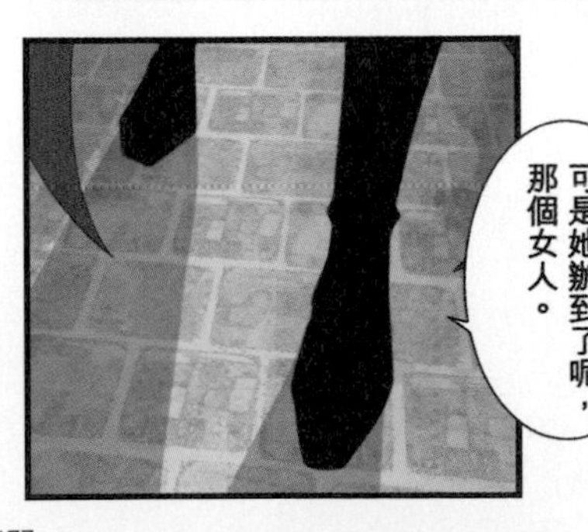
可是她辦到了呢，那個女人。

英雄王!?
好久不見了，代理魔王與斯芬的孫子。

國、國王陛下您怎麼自己一個人？護、護衛呢？
我把他們統統支開了，想一個人散散步呢。
呵呵呵……
英雄王你說「赫露辦到了」，
那是什麼意思？
!?

……是別希爾啊，
還是一樣老愛神出鬼沒的。
好久不見了呢，歌布琳陛下。
呵呵……看來最想知道赫露下落的人都到齊了。
那麼，剩下的事情讓「她」來解釋吧。
咻咻咻！

債權惡魔結社——

「菲菲爾」！

我記得妳是之前負責回收赫露鉅額債務的惡魔。

沒錯，這世界上比任何種族都還喜歡錢的惡魔，就是我——「菲菲爾」♥

慢著！之前赫露已跟英雄王約好，由人類幫忙還清所有債務才對啊！

沒錯！所以赫露大人「本來」已跟本結社無任何債權關係囉！

她也不是「負債魔王」囉！

照理來說，身處完全被隔絕的「那個世界」，

赫露不論做什麼，都無法對我們產生影響。

就算她欠再多錢也一樣。

所以可能性只有一個……

赫露陛下她不但活著……

欠下鉅額負債。

……那、
那菲菲爾妳有辦法探測赫露在哪裡嗎？
沒問題，實際上……
赫露陛下的魔力信號就在東方數百公里遠的村落裡。
如何？要追嗎？
那當然！
這次一定要把她五花大綁！

……赫露她應該很開心吧，

這是她……我們、全部人所期望的世界。

噗哇！
這位客人，您、您今天喝太多了。

Thanks ! China Times !

Thanks ! comico !

Thanks !
TracyWang、BrianChen、
JaeJae、Arumi、Damian、
Kokoro.

and you !

負債魔王
DEVIL GAME

但這樣的說法，僅在諸神黃昏戰役發生之前。

番外 PREQUEL

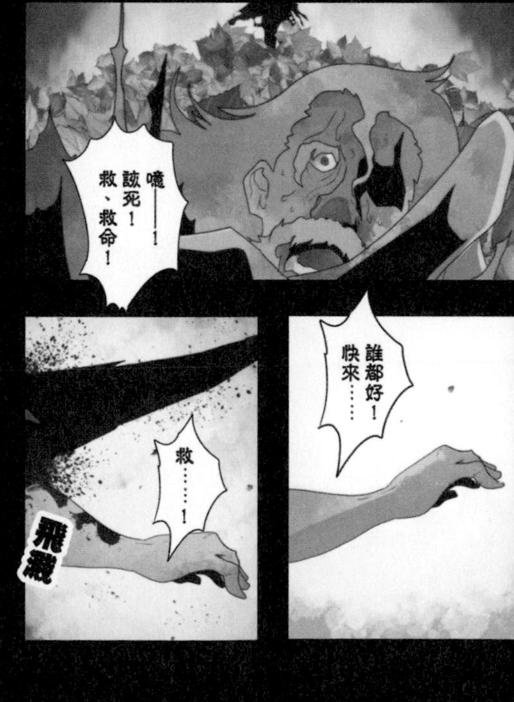

赫露大人。
您的父親洛基陛下請您前去支援東側的斯芬大人。
……我知道了。
為什麼……？
呼……
呼……
人類也從我們諸神這邊得到不少好處……
為什麼要跟洛基那混帳聯手向我們進攻？
!?
斯芬你到底在做什麼？
距離父親大人的任務指示時間，已經超出很多了。
轟轟轟

妳看起來心情十分惡劣呢。
身為魔王，卻同情這些傢伙？
忍耐點，為了要改變世界……這些都是必須得做的事情。
都是為了得到「嶄新的世界。」
……少囉唆。
呵呵……斯芬說得沒錯……
多虧你們，剛剛奧汀已經正式投降了。
邪神·洛基
我終於對醜陋的諸神報了奪去名諱、神職……
以及禁錮之仇了呢，呵呵呵……

斯芬·衛斯里也在洛基的協助下攻破米德加爾得王國。成為人類王國的統治者。

但種族共融並沒有想像中的容易，

加上斯芬謀反奪位沒有正當性……

無法接受新任國王的種族與人們，吹起反叛的號角。

為了實現種族和平共融的遠大理想，

打造沒有國界的偉大國度。

為了短暫的和平，斯芬採用了最激烈的手段——

強制鎮壓。

斯芬統治的三年間，大大大小叛變超過數百次。

叛變、鎮壓、叛變、鎮壓……無限的死亡輪迴。

斯芬所期望的世界……

另一地，死國·埃流得尼爾。

住手！父親大人！

再這樣折磨她……！
歌布琳會死的！
妳怎麼了？赫露，這個背叛者可是打算刺殺妳喔？
還哭著說「妳錯了」，真是愚蠢。
別為這種垃圾求情。

這時候我才知道……父親根本不只想要對諸神復仇，
他要侵吞這世界的一切，不論是死國還是人類，不論是我，還是斯芬……

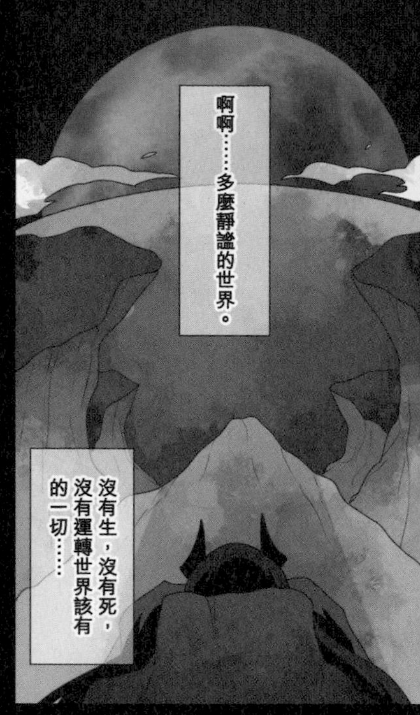

……洛基的小鬼，

來到這個已經滅亡的地方做什麼？

我要再次……

轉動命運的齒輪。

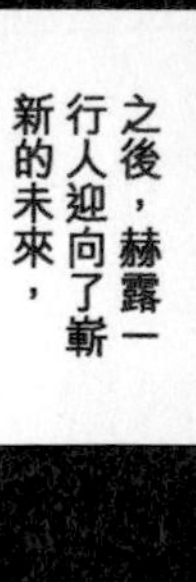

之後，赫露一行人迎向了嶄新的未來，

那已經是好幾萬年後……下一個世界的事情了。

番外篇 End.

負債魔王

DEVIL GAME

不知道有沒有人發現呢？《負債魔王》的底色原本一直是黑畫面，直到最後世界獲得救贖後才變成了白色。他們在不斷做出抉擇下，掙脫了泥沼般的黑色過去，赫露直到最後也沒有放棄，跟著各位夥伴一起改變了這個世界，而各位讀者們也一起看著這樣的故事直到最後。這是我第一次嘗試繪畫長篇漫畫，有著很多很多不足，但衷心感謝每個幫助我的人，謝謝你們，祝你們每個人瘦三公斤。

FUN系列 037

負債魔王

Devil Game 6 (The End)

作　　者—睫　毛
主　　編—陳信宏
責任編輯—王瓊苹
責任企畫—曾俊凱
編排設計—林孟緯
全書完稿—執筆者企業社
董 事 長—趙政岷
總 經 理
總 編 輯—李采洪
出 版 者—時報文化出版企業股份有限公司
10803　臺北市和平西路三段二四〇號三樓
發行專線—（〇二）二三〇六六八四二
讀者服務專線—〇八〇〇二三一七〇五・（〇二）二三〇四七一〇三
讀者服務傳真—（〇二）二三〇四六八五八
郵撥—一九三四四七二四　時報文化出版公司
信箱—台北郵政七九至九九信箱
時報悅讀網—http://www.readingtimes.com.tw
電子郵件信箱—newlife@readingtimes.com.tw
時報出版愛讀者粉絲團—http://www.facebook.com/readingtimes.2
法律顧問—理律法律事務所　陳長文律師、李念祖律師
印　　刷—詠豐印刷有限公司
初版一刷—二〇一七年七月十四日
定　　價—新臺幣三三〇元

時報文化出版公司成立於一九七五年，並於一九九九年股票上櫃公開發行，於二〇〇八年脫離中時集團非屬旺中，以「尊重智慧與創意的文化事業」為信念。

國家圖書館出版品預行編目資料

負債魔王 6／睫毛　著
初版. -- 臺北市：時報文化, 2017.07
冊；　公分. -- (Fun系列；37)
ISBN 978-957-13-7057-6(第6冊：平裝)
859.6　　　106001095

ISBN 978-957-13-7057-6
Printed in Taiwan

Devil Game Devil Game Devil Gam

evil Game Devil Game Devil Game

Devil Game Devil Game Devil Gam

evil Game Devil Game Devil Game

Devil Game Devil Game Devil Gam

evil Game Devil Game Devil Game

Devil Game Devil Game Devil Gam

evil Game Devil Game Devil Game

Devil Game Devil Game Devil Gam

evil Game Devil Game Devil Game

Devil Game Devil Game Devil Gam

evil Game Devil Game Devil Game

Devil Game Devil Game Devil Gam

evil Game Devil Game Devil Game

Devil Game Devil Game Devil Gam

Devil Game Devil Game Devil Game

evil Game Devil Game Devil Game

Devil Game Devil Game Devil Game

evil Game Devil Game Devil Game

Devil Game Devil Game Devil Game

evil Game Devil Game Devil Game

Devil Game Devil Game Devil Game

evil Game Devil Game Devil Game

Devil Game Devil Game Devil Game

evil Game Devil Game Devil Game

Devil Game Devil Game Devil Game

evil Game Devil Game Devil Game

Devil Game Devil Game Devil Game

evil Game Devil Game Devil Game

Devil Game Devil Game Devil Game